可能性之海

謝瑜真

著

推薦序

在世界的盡頭製作標本

陳雨航

「格雷安．葛林告訴我們，童年是作家的存款簿。若以此來計算，我生來就是個百萬富翁。」——小說大師約翰．勒卡雷在他的自傳《此生如鴿》裡這樣說。

但並非所有想寫小說的人都像勒卡雷般富有。〈每個人都可以加入實驗室〉這篇，主人翁和她的學弟有一段交談。她說她遇到了瓶頸：「我發現我真的非常平凡。我家家境小康，算是沒有為錢煩惱過。朋友有點少，但也沒被霸凌。交過的男朋友，零。這樣的生活聽起來還不錯，卻反而讓我很焦慮。我覺得我身上沒有任何值得分享的經驗或故事，就算有，我也想不到。但還是很想表達什麼，想證明自己有所思想或存在……」

我們不知這是不是作者的自述，但像謝瑜真那樣出身文學創作相關系所或有志從事文學創作的年輕人，多少都會遇到這種時候吧。年輕，熱切地想表達想寫，卻囿於經歷，「存款」不足，那寫些什麼好呢？

要繼續寫作，自有求索之道。〈茄紅素〉裡的茄紅素帶了蝸牛跳上沉紅色老轎車如同印度公主帶著獵人展開一場憂傷壯麗之旅，他們要去海邊看那顆將死的小行星，茄紅素說：「去海邊才見得到它，因為海就是世界的盡頭，一切的盡頭，與一切的開始。」

葡萄牙中部大西洋畔的羅卡岬，那是歐陸的最西端，岬角石碑以葡萄牙文寫著「陸止於此，海始於斯」。是的，在大航海時代之前，這裡就是西方世界的盡頭，你可以止於此，或者向未知的海洋出發。或許，羅卡岬就象徵著謝瑜真這本小說集創作的原始，我們不知她的航渡史，總之，她來到了小說集《可能性之海》。

謝瑜真勇於探索、嘗試小說的各種敘述方式，寫實的，現代的，超現實的，偶爾也試著（如舞臺演員會做的）公然的向讀者講話。

她可以描繪細節和對話一如日常，同時也有強大的聯想力，這使得他小說裡的人物與事件得以自然開展。

最特別的是作者對「海」與「夢」的抵死纏綿。

除了書名《可能性之海》；〈龍宮〉前引史坦貝克言：「在海邊，時間比其他地方的都更加複雜」；前述：「海就是世界的盡頭，一切的盡頭，與一切的開始」……她形容某個女人的氣息像海，甚至以「女人身體裡的海」來形容子宮，顯然，她認為海洋是孕育一切之母。海的意象出現在許多篇章裡，甚至有一篇寫人死在海裡又從海裡復活繼續日常，如同寓言或是幻想小說。

那麼，那時而平靜，時而奇詭，又時而波濤洶湧的海裡是什麼呢？或許我們可以將之與作者的文字和她對人物和事物的註解聯想在一起：那是既平凡又機智的對話；那是我們平常不會如此使用，但又新鮮不感突異的形容；這使我們認知到的畫面，我們認識到的海洋有了更多的面貌。又或者，海是她文學繆斯的原鄉？

小說集裡，夢幾乎無所不在，且具各種樣態。「白日夢會帶殊殊到相當遙遠的地方。有時是她腦中的深谷，有時是已經忘記許久的回憶。」〈龍宮〉這段算是初級的夢想，在〈sillage〉裡，夢就有了更繁複的狀態和思考：「只見過一次的人，但在夢裡卻感覺很熟」，然後「夢像接了水管，形成地下伏流不斷延續下去」，還有只夢見過一次的人在她以後的多次夢境過後，不禁會想著那個人到底是否出現？或者現實未見只是夢中相遇，最後也反思現在很熟的男友最早也曾是只見過一次面的人啊。

林林總總，包含占卜師的「預知的夢」，以及「夢的分享會」……

〈夢的分享會〉是敘述一位經營咖啡店倒閉的年輕人和另一位研究所讀了多年都沒畢業的好友，從高中同學會場落跑另尋一家酒吧的過程。當然還有偷聽到別人分享的夢境這樣的情節，以及「所有人最深的祕密都藏在夢裡面」這樣的類結論。但最讓人難以忘懷的反而是兩人一路上的回憶（主要是第一人稱「我」）和內在的自我尋思。那間一直到不了的酒吧到底存不存在？「你真的不會做夢嗎？這些年來都沒有？這些年來，我們到底活得快不快樂？還要繼續這樣多久呢？」

夢、夢想的化身，以及隨著人生的起伏映照出的虛無與幻滅，常常是小說裡成長主題的調性。那樣失敗或是挫折的過去，是要想方逆轉，還是繼續尋求並逃避於更多的夢，與夢話鼾聲交奏，往無何有之鄉而去？

題為〈夢的分享會〉，且放在最後一篇，或許是作者有意分享他將人生直線進行的時間，分割成許多段次的高光時刻，傳達出「我們所珍愛的，但現在不在身邊的東西，可以是永恆的。」這樣的訊息。〈夢的分享會〉有無可能救贖失敗人生待考，但你看，曾經擁有的珍貴時刻，或者你想像、期待中所產生的令人難忘的一刻到臨時，「就是現在，就是現在，就是永遠。」這是多麼的撫慰人心。

「標本跟文學很像，又或許，什麼都跟標本很像。你以為已經死了的，其實在用一種方式活著，而這個方式掌握在你的手上。」〈每個人都可以加入實驗室〉。那些作者念茲在茲的海和夢，只要沉澱下來，化為文字，就能塑造成堅強的真實。當然必須是真實，因為那是我們的所有，或者僅有。夢想不應崩解。

植基於現實，又不為現實所制約，而著力在它內部的邏輯裡成長，這正是小說之道。能飛多高，渡多遠，《可能性之海》是個範例，她帶我們看到了好風景。

各界好評推薦

在虛構與真實，記憶與想像的過渡間，作者以氣感文字圍建城池多座，陰陽風雨晦明各異。其內挹水，蕩漾象徵無數，湧流陰性意識，母體之血與極簡慾；水性可清可濁，能飲非飲，鹹淡不定。謝瑜真身為童話故事裡極具實驗精神的觀察家，以竿尺網盆打撈，測量，向陽蒸餾後，描繪日常狀態底，符號池內突變、偏移與幻化的所有可能。

——白樵（作家）

讀瑜真的小說常讓我想到小川洋子的筆觸——在陰暗與不安的反面，就是人類安身立命的所在；這本小說講述夢，但更像是在藉由書寫，找尋真實與虛構的邊界感——唯夢境反應我們最深刻的索求。

——曹馭博（作家）

讀瑜真的小說總感覺她的故事不斷在虛與實的邊界來回穿梭，讀者們跟著同樣在城市渴切愛意、徬徨迷離的人們遊走，直至抵達寓言的核心。那行走宛若置身夢境，使得被城市弄得遍體鱗傷的我們，在她的書寫裡感覺到了一絲絲暖意。

——鄭琬融（作家）

目次

推薦序　在世界的盡頭製作標本　陳雨航　002
各界好評推薦　007

楔子　012

大腦深谷之歌　017
sillage　045
茄紅素　075
每個人都可以加入實驗室　105
鯉魚實驗　137
龍宮　169
M的故事　201
夢的分享會　223

後記　251

獻給媽媽、夢獸，以及故鄉的海

楔子

「走吧，去海邊。」

在夢裡，一個離山很近、離海也近的地方即將蓋一座新的樂園。遊樂園的負責人不知道是怎麼變出來的，從國外弄來了一艘在海上漂泊的廢棄輪船，說要放在樂園中的大湖中央當擺設。

我跟我的搭檔是建造這座樂園的工人，他是個年紀與我相仿的高瘦男子，我們被指派的新工作就是到某個海岸接那艘輪船，但我們從沒去過那邊（這麼一說，在現實中，我們第一次也是唯一一次見面也是在海邊）。接運的方式也很奇怪，老闆告訴我們：會有人開著其他船拖著輪船在海上前進，我們則在岸上騎機車為船引路，要從海邊一路騎入河流，河道會通連到樂園。

園方配給我們一輛檔車，為了讓它很顯眼，還在後頭綁了一座橘藍相間的大面旗幟。搭檔載著我就像是要參加什麼遊行一樣地出發了。天氣非常好，天空跟海洋的顏色就像是電影畫面，今天確實是一個適合遊行的日子。

到了海邊後，我們面朝海肩並肩站著，等待船隻的來臨。等待的空隙中我偷瞄了搭檔的側臉，他像個逃兵一樣帶著疲倦又放鬆的笑臉，那時連風都是藍色的。

這時輪船出現了。我有看見他慢慢地從海平面上駛來，但當他到我們面前時，那股巨大讓我總覺得他是突然出現的。與其說是船，他比較像是座島，整艘船上的平臺全長滿了熱帶植物，就像是要去畢業旅行的小學生把所有家當全帶上那樣擁擠雀躍，太過豐富的植被讓他看起來跟森巴舞女郎一樣浮誇，搶眼的鮮綠完全蓋過他斑駁的紅黑船身。我跟搭檔先傻眼了一下，再大力揮手讓他看見我們。輪船像小狗一樣乖乖在岸邊停下，於是我們就出發了。

是誰先開始的我也不知道，但當我和搭檔駛動機車後，什麼工作完全忘記了，我們快樂地在廣闊的沿海道路上奔馳前行。輪船也非常開心，鳴著汽笛與我們並行在海上。他是艘可愛的輪船，連船上的植物們也翠得可愛。我在機車後座大笑，一開始我只是因為難得被載著吹海風覺得很開心，但後來是發自內心單純的高興。運輸河的方向完全被遺忘了。海面又藍又閃耀，星星們肯定是在白天都跑進海裡了吧。不只是海，從我眼前急速流逝過的一切都發著光。我們沿海只是前行。

是什麼時候發現的我也不知道，但我想是一開始吧。輪船前頭並沒有拖行，他看起來也老舊到不能啟動了，他是自己在行駛著，我和搭檔都知道。

而我也知道夢醒了以後這一切都會消失。我跟搭檔、輪船的關係就僅僅在夢裡，在現實中我們就只是見過一次面的路人而已，而這個冒險也只有我會記得。這麼想著，瞇著眼看海時，就覺得海小得像座湖一樣。

但我還是笑了，像是這條濱海公路沒有盡頭一樣。前頭騎車的搭檔也在笑，他的白襯衫跟我的黑頭髮被風吹成第二面旗幟。輪船全速飆進，船上最高聳的那棵棕櫚樹是第三面旗。

而我們都知道夢如果繼續下去會發生什麼事，輪船會被拖進樂園湖裡，漆成粉紅與粉藍色，植物全部拔除，變成拍照用的裝飾品。樂園整頓好以後，也就不再需要我跟我的搭檔了，他大概會回家，我呢？我的家跟輪船一樣，茂密地長在自己身上了嗎？像是不懂離合是什麼似的我笑著，在海風裡面我還要繼續躺著。

而樂園即將要開幕了。

大腦深谷之歌

如果你有平靜地讀一本童話書的時間，我想邀請你聽一個故事。不是什麼有趣的冒險情節，但那是真的，關於我和某個人的深谷的故事。

第一次遇見那個人是在臺大醫院急診室外面的人行道上。

那裡時常有人坐或站著抽菸，大家像是一群巫師，說好了要用煙霧把這區域包圍起來一樣聚集。很奇怪不是嗎？緊鄰著醫院有那麼一群不注重健康的人。那時我正坐在路邊的花臺上，在隨風而逝的煙霧中抬頭看樹上一隻單腳的白鴿，細細的腳像萎縮的珊瑚倒立在樹幹上，那隻鴿子那麼美又那麼潔白，卻斷了一隻腳。

那天天氣晴朗，那白鴿就在樹葉穿透出來的亮光中，又隔著被風吹來的菸灰薄煙，像是魔術師變出來似的神聖登場。那隻鴿子經過短暫且靜謐的停留，張著薄透的翅膀飛走後，出現在那層霧之後的就是那個年輕人。

他穿著一件顏色橘到很微妙的上衣跟黑色防風外套，下半身是寬鬆的牛仔褲，帶著細框眼鏡，以現代人來說算是穿得很老土。讓我注意到他的不是他本人，是他身上背了一支捕蟲網，不是雜貨店一支五十元玩具，而是真正適合抓蟲的金屬柄身蟲網，儼然就是個昆蟲獵手。

之後有幾次我路過那裡、或坐在花臺發呆時都會遇見他。他每次都帶著蟲網，像是個裝備武器的浪人，行跡也很飄忽，有時就是很普通地走過去，有時他走到一半會突然折返，或突然停頓再往前走，我從搞不清他從哪來又是要去哪裡。臺北市有可以捉蟲的地方嗎？我看著他行走的側臉，在心裡問了他一百次了，每次他都沒聽見。

一次下午，我又看到他，這次他不是一個人，一個阿伯在路邊與他交談。

「所以捷運……是在那邊左轉，然後路口再右轉……」阿伯大聲地對他說著，聽起來是他在和阿伯問路。年輕人穿著跟我第一次看見他時一樣，一件詭異橘上衣。我從他們的對話中，發現他所詢問的捷運站並不是在那個方向，也不知道是被太陽曬暈了腦袋還是怎樣，等我回過神時自己已經走到他們面前了。

「那個，捷運站不是在那裡。」我對著年輕人說，他轉過頭來，一臉疑惑盯著我。我第一次看他的正臉，那感覺有點像第一次看到曼波魚的正面，一個熟知的東西突然翻到另外一面，讓人瞬間難以適應，我一時只能愣愣地看著他。

「捷運站，應該要左轉再左轉。」我整理了一下腦袋後繼續對著年輕人說。

「喔喔，是這樣喔，謝謝啦！」阿伯突然爽朗的對我回答後快步離開。這時我才意識到，剛剛問路的應該是那阿伯，他可能只是大聲重複年輕人的話。

我感到尷尬了，一時之間根本不敢看他。在經歷對我來說大概有一小時之久的幾秒後，我轉過頭去看他，他對著我微笑，點了個頭後就離去了。這時我才對他的衣服顏色發現一個準確的形容：罐頭桃子的顏色。

後來我在醫院附近的博物館又遇見了他。我一直覺得醫院和博物館是世上最相似的建築，那些挑高的天花板和廣大的空間，像是要疏散什麼會飛的生物而設計的。同時他們都被要求靜默，又聚集許多世上最珍貴的事物。

那是個舒服的星期五，我走在博物館中一個全白的廊道，這區設計為兩邊都是玻璃櫥窗，裡面放滿了臺灣各種生物的標本模型，其中一些是真正的動物做成的標本，一些只是模型，你要站得非常近，甚至看旁邊的小標籤才能知道它是不是來自真的血肉。那個年輕人，他就站在那裡盯著標本看，專心到彷彿他也是那些標本的一分子。我甚至懷疑，也許我以前已經在博物館裡遇見他好幾次了，是他存在於我的眼裡後，我才意識到他的存在。

我走到他附近，他完全沒認出我，甚至眼裡沒看到我。直到我近到可以看清他凝視某物時眼睫毛的顫動，確定他不是標本後，我才搭了話。

「嗨，」我開口時，他整個人嚇了一跳。「不記得了？」

他一臉狐疑地看著我，就像第一次見面那時一樣。

「上次問路那個，就是在醫院外面有一個阿伯跟你問路，然後我走過去……」

我突然不知道怎麼解釋我們相遇時的情況，手忙腳亂地說了一些關鍵詞。

「我不記得你說的那次了。」他說，然後展開笑顏。「但我看過你，在醫院裡。」

「喔？這個我倒是不記得。」我說著，之後不知道該接什麼，只能手足無措地站著。對方倒是看起來很開心的樣子，笑咪咪地看著我。

「真巧，你和我都很常去醫院和博物館，對不對？」他接著說了。

「對。」我不由自主地說出：「我覺得醫院和博物館是全世界最相似的建築。」

「真的？我也這麼覺得。」他說著，展出笑容，像蝴蝶展開翅膀顯露隱藏的花紋。

博物館畢竟要求安靜，被四周動物標本們用塑膠做的假眼珠盯著也不好說話，於是我們一路從博物館散步到外面的公園。外頭陽光很暖，我跟他並肩走在不知會通往哪裡的石磚步道上，近距離看他，才發現他是單眼皮，而且比我印象中還要高許多。

他開始跟我聊一些生活瑣事，雖然他比外表上看來健談，但也不是非常開朗，就是個像溫水，或是像那天天氣一樣溫和不侵的人。我從對話中知道，原來他就讀跟我同間大學的醫學系，比我大兩屆，但去年就休學了。

「原來是學長。」我笑說。「是因為覺得跟自己想像的不一樣才休學嗎？」我在問出口的時候，才覺察到自己有點失禮。

「也不是啦，有很多原因的。」學長只是笑笑。「念醫學很有趣啊，只是我現在不想當醫生了。」

「所以以前想當？」腳下的石磚步道被踩過後，間隙會發出抖動的聲音。

「對啊，我以前還想當偵探，後來覺得當太空人、發明家、堆骨牌專家也很不錯。你呢？你是念什麼的？」

「我是念文學的。」雖然有點難以啟齒，但我還是說了。「我想當個作家。」

「喔？你想寫東西嗎？」

「對啊，我之前構思了一個童話，但一直沒有寫完。」

「是怎麼樣的故事？可以告訴我嗎？」學長看起來很感興趣。

雖然被人這樣要求非常難為情，但也許是當下氣氛舒服的關係，我便說了：

「嗯，簡單來說就是一對兄妹，他們兩人自從雙親死去後，就遠離他們村莊裡的村民，住在一個與世隔絕的山谷裡，在山谷與森林裡發生的冒險故事。」我邊走邊說，地磚發出的吭喀聲像山裡的回音。

「感覺是個很棒的故事啊，把它寫完吧。」

「好啊。」我抬頭看樹上，午後的陽光從樹葉中滲透出來，今天是個好適合抓蝴蝶的日子。「你今天沒有帶捕蟲網嗎？」

「對啊，我怕帶了博物館裡的蝴蝶標本會害怕。」學長笑著說，他的臉在樹蔭下，葉子空隙間的光讓他的臉看起來像切割過的寶石一樣有反光與陰影。

他沒有告訴我他的名字，要我叫他學長就好。人一旦沒了名字，就好像感知不到他的實在一樣，即使我們後來是沒有說好，但每個星期五都會在博物館見面的關係。他也沒有問我的名字，但他知道我的本名中有一個「光」字，所以都叫我小光。

「你不覺得光這個字很可愛嗎？很像頭上只有三搓毛的人長出兩隻腳在跑。」

有天我們逛完博物館去咖啡館時，我用電腦打出這個字，很開心地跟學長說著。

「是嗎？但你頭髮很多欸。我倒覺得像蝴蝶，你看，下面兩條是觸角，上面是翅膀。」學長說著，用食指在空氣中寫出一個「光」。他是個不折不扣的鱗翅目控，仔細想想，每次我總在博物館的蝴蝶標本前找到他。我也問過他為什麼要帶著捕蟲網到處走，但總被他用呆傻的笑臉糊弄過去。

「你真是個蝴蝶癡。」我說完後，回過頭去打電腦。「好，那我也加個蝴蝶在故事裡。有天晚上，一隻美麗又發著彩色光芒的蝴蝶出現在兩兄妹的家外……」

「等等，蝴蝶根本不會在晚上出沒。」學長馬上從草莓蛋糕的淪陷中爬起，打斷了我。

「但是有些蛾是日行性的，所以也會有夜行性的蝴蝶吧？」

「沒有。」學長很堅定地說。「那你幹嘛不把蝴蝶改成蛾就好了？」

「蝴蝶比較美啊。」

「你是多瞧不起蛾啊？」學長難得的表現出有點不開心的樣子。

隔天，學長罕見地主動約了我出來。他帶了一個標本給我，是一隻巨大的蛾，大概跟我的手掌張開後一樣大小。褐色的翅膀有著黃與粉紅的斑紋。

「這是眉紋天蠶蛾，怎麼樣，是不是很漂亮？」

「是很漂亮。」我從學長手中接過標本，但本能地不敢太近看它。「不過我覺得有點可怕。」

「很正常喔，因為它長的很像人。」

「像人？」

「對啊，你看它的花紋，很像人臉的器官吧？這裡是眉毛、這裡是眼睛……人會對人臉產生恐懼，這是一種本能，有科學根據的。所以你會怕它，並不是你的錯。」

「喔……」我嘗試著將蛾拿近點，翅膀上的眼睛般的花紋感覺真的在注視著我。

「你喜歡嗎？」學長問我。

「喜歡啊。」他一問我，我想都沒想就回答了，這也是一種本能。

「那如果有天我死了，我的標本就全給你。」

「你有很多標本嗎？」

「不多。但它們都是我的寶物，到時候全送給你。」他說這話時，我想到了那支捕蟲網。到底有什麼東西被那網袋圍住過？

「學長，你怎麼了，你生病了嗎？」

當我問出這句話時，學長沉默了一下，才用跟平常差不多的語氣對我說：

「對啊，我以為你知道的。」

後來我發現，他不是不想當醫生，而是不適合當醫生。對於他的病徵，我一無所知。他也總不告訴我他的正式病名，只會用抽象的形容來告訴我他的病況。

「像是腦袋用非常非常緩慢的速度在融化，而沒有完全化完的那天。」有一次我們在小吃攤吃飯，他看著旁邊吃冰的小女孩說。

「就像是自然捲的頭髮，有時候你以為最捲最翹就是這樣了，但有天起床卻發現自己的頭髮亂度簡直挑戰空氣力學。」一次他邊捲著玩我的長髮邊說。

「簡單來說，就是蝴蝶。」他細聲說著，在博物館中注視一隻曙鳳蝶對稱的雙翼。「我的大腦就像蝴蝶翅膀一樣，複雜漂亮脆弱。」

「就像剛起床的時間，很奇幻。」有天早上，他在我身邊醒來，不知道清醒了多久，但他的口吻非常清晰。我正要從床上爬起來，聽見他說話便躺回床。

「你不會有這種感覺嗎？剛起床的時候，不管有沒有做夢，在睜開眼那瞬間都會感到剛剛還和大腦的世界連在一起，整個人都是模糊的，說不上自己現在到底存在在哪裡。」他眼睛盯著天花板，表情彷彿在看星空。「這種虛無縹緲的感覺，我最喜歡了。」

看著他的側臉，不知為何，那個時刻，我感覺自己完全服貼在他的話語裡。早上陽光瀰漫室內，所有懸浮在空中的細小灰塵都無所遁形，那是個多麼赤裸而舒爽的早晨。

「真想躺著一輩子，不想起床。」他說完，繼續翻過去抱住枕頭，陷入床中。

「喂，你是想賴床吧？」我笑說，把純白的棉被掀開。

那天開始，他就住進了我的家裡。夜晚，我在床邊給他念了故事。

「從那天起，就像是被施了魔法一樣，兩兄妹一直想再看見美麗的夜光蝶。」

「你還是堅持要用蝴蝶嗎？」他裹在白色被單裡，眼神因沒戴眼鏡跟想睡變得像裹在紗裡朦柔。

「對。」我坐在床沿說。「一個夜裡，他們被一陣濃煙嗆醒，原來有一群狼，牠們在外頭升起了煙，把煙吹進屋子裡。那些煙有著毒性，在黑暗中閃著點點的燐光。兩兄妹沒有辦法，只好逃到外面去。」

「為什麼狼要這樣害他們？」學長問著。

「不知道，也許那些狼是討厭他們的村人派來的。」

「村人為什麼要討厭他們？」

「不知道，可是有時候就是會有些人無緣無故討厭你不是嗎？」

學長聽了以後，默默地點了頭，然後閉上眼睛，沉入柔軟之中，身體與大腦一起。

「哥哥與妹妹沒有辦法，只好逃到森林裡，因為霧太大的關係，在樹木間他們迷失了方向……」

回過神來時，我發現我跟學長睡在一座森林裡，空氣中浸滿樹木的潮濕氣味，在發現星空是紫色的時候，我才察覺我可能是在做夢。

學長就睡在我身邊，非常安穩。當我試著叫醒他時，一隻發著彩色光澤的蝴蝶出現在我們面前。我想他就是我的夜光蝶。但他跟我想像中不太一樣，跟人一樣巨大，讓我覺得他不只是隻蝴蝶，也許還是個人類，或者是神。我不由自主地感到畏懼。

「你知不知道你們在哪裡？」夜光蝶對我說話，聲音如同低語，我不確定他的聲音是從哪裡發出來的，但他說話時觸角擺動。

「這裡是哪裡？」我問夜光蝶。

「你在我的翅膀裡。」夜光蝶說。「而我在你的眼睛裡。」

「什麼意思？」

夜光蝶沒有理會我，他一邊小小聲地唱著歌，一邊拍著翅膀離去。巨大的翅膀每拍一下就遺落一些發光的鱗粉，在暗夜中留下一條閃爍的蝶道。

我只好追上去。

「呀——喝——蝴蝶翅膀飄飄，飛蛾眼睛妙妙，觸角碰在一起，兩個都死翹翹。」

「這是什麼歌？」學長問我，我們在公園裡散步，大概已經深夜了，公園的中心深處沒什麼人。

「哥哥和夜光蝶在一起的時候，為了找到迷路的妹妹，在森林裡唱的歌。」我牽著他的手，只有身周無人的時候我才敢這麼做，我也只敢在他身邊唱歌。

「真的？這是你自己想的嗎？」學長笑了出來。

「不是啊，這不是小時候就有的童謠嗎？」

「有嗎？我完全沒聽過。」

「有啦，我聽過啊。」

「騙人，一點印象也沒有。人家是不是常常不相信你說的話？」學長邊笑邊說，我默而不答。

他看我不說話，又接著問：「而且為什麼是觸角碰在一起？」

「我也不知道。大概是因為，身體的最末端碰在一起就是交尾，是為了繁殖，所以觸角碰在一起就是心靈相通？」

「喔——」學長應了以後，像是想接著說什麼，但之後就像斷線一樣，陷入長久的呆滯。

「所以才會死翹翹。」到我們坐在公園的椅子上休息的時候，他才說出這下半句話。

我什麼也沒說，把頭靠在他身上。這時一對男女從步道那端走了過來，我感覺到學長的肩膀緊縮，但我無視他的反應，繼續倚靠著他。

每當這種時候，我就會開始說故事。

「哥哥在森林裡非常寂寞，即使有夜光蝶陪著他，他也非常寂寞，因為他想著妹妹。一天夜裡，他們圍著營火，夜光蝶告訴他，要他好好看著眼前的大樹，那是棵不粗大，卻長得非常高，高到看不見頂的樹。夜光蝶說，這是一棵掌管了命運的樹。上頭的每一個分枝、每一個樹葉都是命運。然而，在樹的下面，還有許多看不見的東西，那才是真正生命的根源，某些永遠不變的東西潛伏在地底下。」

學長沒有理會我，他的注意力放在逐漸變多的路人們身上。

「學長，我已經想好故事的結局了。」我抬頭看他。「我想讓哥哥和妹妹永遠在一起。」

學長聽了以後眼睛瞪大，轉過頭來看著我。

「搞不好讓他們結婚，很多神話也是這樣……」

「不行。」學長說著，直接把我撥開，站了起來。

「學長？」我從背後叫他，他絲毫不理。「學長！」這一喊，讓旁邊三三兩兩的路人都看了過來。

我站起來追到他身後，也惱怒了。「你到底在幹嘛啊？這只是個故事。」

「不是，這不是。」學長低聲咕噥，很像在自言自語。

「你是怎樣？只要我不說，我們看起來不就像普通情侶嗎？」

「不，我們永遠都不能在一起！」學長突然對我大聲說著。認識以來這段時間，我從未見他情緒失控。

一時間我完全無法反應，只能看著他的臉，他背著公園路燈的光線，整張臉在黑暗中用力的喘氣，晶瑩的光在他狼狽的眼中打轉，像隻被雨淋濕的受傷野獸。

我們對峙了一陣子後，他轉過身開始行走，我也不知道為何，就跟在他後面。現在想想，那時與其說是擔心，不如說我害怕被他給丟下。他也知道我跟著他，但沒有任何阻止，我想他也是原本就想帶我走的。

後來我察覺到我們要去的是他家。我們在我的住處同居了大概兩個月，但從沒去過他家。他把電燈打開後，一間約五坪大的套房顯現出來，實際可能更大一點，但因為房裡擺滿了東西而看起來擁擠。

讓這個房間看起來變小的，可能是房間深處的那一張大桌子。桌上放了一些照片，我猜是學長的家人，但照片中的學長只停留在小時候，那時的學長沒有戴眼鏡，笑得非常燦爛。除了照片外，還有數量非常、非常多的蝴蝶跟蛾類標本，它們有大有小，桌面不夠放就用架子不斷堆高向上，形成了一座鱗翅目寶殿。學長欺騙了我，他所謂的寶物一點都不少，這是個堆滿寶藏的洞穴。

當我從學長的標本收藏中解除沉迷時，轉頭一看才發現他已經背著我躺在床上了。我也不想叫醒他，正確來說，那時我們最好享用沉默。於是我把燈關掉，擅自打開書桌上的檯燈拿出電腦來用。我的故事每天都要有進度才行，這是我給自己的要求。我依靠著死白的檯燈燈光打出字句：哥哥在森林中看著火焰……

哥哥在森林中看著火焰哥哥在森林中看著火焰哥哥在森林中看著火焰在森林中看著。

「小光。」

我轉過頭，看見學長坐在床上。

「你之前不是問我為什麼隨身帶著捕蟲網嗎？」他的臉在微弱的光下顯得非常蒼白，像有陰影的月亮，而今天也確實不是滿月。

「那是因為之前，我開始看醫生後，有天過馬路時看到了一隻蝴蝶。你有沒有發現十字路口常常有蝴蝶出現這件事？我覺得是因為那裡聚集了很多靈魂，不管怎樣我就是看到了。那是隻很大很美的蝴蝶，有漂亮的尾突跟紅色斑紋，翅膀是像孔雀羽毛的綠色，又有點泛藍，又曖昧又美麗，但他死了，就在十字路口中央被壓得扁扁的，我甚至沒辦法在紅燈前停下來幫他拍張照片。」

我深深地凝視著他，學長就跟平常一樣對著我微笑：「我想要找到那隻蝴蝶，但一直都找不到。」

「你先睡吧。明天我陪你找。」我悄悄地說著，繼續轉過頭去用電腦。再次轉頭的時候，便看到他在不知不覺中已經進入熟睡了。

我的手指只能不斷打著鍵盤，一直到夜最深最深的時候，一個小小的撞擊聲融入了我的鍵盤敲打聲，抬頭一看，在窗外有一隻蝴蝶，學長又騙了我，夜晚也會有蝴蝶的，仔細看，牠就是我夢中的夜光蝶。

我打開窗戶，我要，我想聽牠的低語。

「聽說人的大腦之所以精密是因為上頭的皺褶很多，皺褶跟皺褶之間藏了許多細細微微的機關，讓人之所以為人類。」牠對著我細聲說，最輕最柔的那種。「你知道嗎？我感覺我的大腦摺痕就像山谷一樣，它們正在被慢慢地攤平，躲在那些摺谷裡面的精靈統統都離開了。那裡不再有歌聲了。我永遠都不會被祝福。」

蝴蝶沒有表情，但我知道牠很悲傷，我知道。我凝望了好久，當牠某個振翅的瞬間，我看到翅膀上有著藍與綠的孔雀燐光，牠就是學長夢寐以求的蝴蝶。

當我察覺到這件事時，夜光蝶馬上飛離我的視線中。我趕緊四處張望尋覓，卻已經看不見牠了。再仔細點看，書桌前哪有什麼窗戶呢？我面前的是一道白牆。

我驚地轉向床上，學長依然安躺在床，看到他平穩的呼吸，才讓我提著的一口氣緩緩降了下來。

隔天，我是在床上醒來的，我想是學長把睡在書桌上的我挪上床鋪。起床時我便看到學長站在窗戶旁，輕薄的陽光把他照得好光亮。咖啡的香氣從他那裡傳來，那是他自己泡的。

「我們一起去山上抓蝴蝶吧。」他轉過頭來對我說，背光的臉看起來在微笑。

我們到了那座山的時候已經是下午了。他告訴我那是他故鄉的山，以前有滿山滿谷的蝴蝶。但日治時期大量捕蝶，蝴蝶王國因此殞落。不論是蝴蝶還是他故鄉的事，我都是第一次聽說。

我們先坐接駁車到了登山入口，接著就沿著破碎的石磚道向上，一路上我們很少交談，一方面是因為很喘，一方面是因為山上的一切太過美麗而讓我們留心。每一個樹葉與樹木的夾角都可能出現引人注目的顫動，我跟學長都是很容易沉浸在環境中的人，因此這座森林對我們來說就像個充滿驚喜的外星球，在太空中我們聽不見彼此的聲音。

一路上我們看見了非常多蝴蝶，這段時間經過了學長的訓練，我也叫得出一些蝴蝶的名字。

「喔，你看，青帶鳳蝶。」我指著一隻經過我們頭頂的蝴蝶。「剛剛還有看到大紅紋鳳蝶、小灰蝶……」

學長對我笑笑，指著一隻黑底有著橙帶花紋的蝴蝶問我：「那你知道這是什麼嗎？」

「是什麼？」

「牠是蛾喔，在白天飛行的蛾。」森林裡的光照到他身上，今天的學長看起來與在城市中並不是同一個人。「又漂亮又會騙人呢。」

雖然我們一路上看到了許多昆蟲，但學長都沒有拿出他的捕蟲網。我知道我們此行的目的只有一個。

當太陽已經無法從葉隙中滲入時，我們已經走到沒有人跡的地方了，如果這片樹林有個中心的話，我想我們就是在那中心的位置。在樹林中，我們找到了一塊植被較少的平坦處。

「今天在這過夜吧。」學長說著，開始準備起罐頭食物與火堆。入夜後，由於準備得太匆忙，我們沒有帶帳篷來，就直接偎著營火包在睡袋中睡覺。

我和學長並排躺著，像兩隻說好要一起孵化的蛹。星空在樹頂圍成的圈中顯現，山林夜裡的空氣有種濃厚的氣味，也許是樹的吐息。我想著我故事裡的哥哥跟妹妹，一定也體會過這樣的情景。

「小光，我都告訴你這麼多祕密了，現在換我問你。」學長裹在睡袋裡說。

「在我們認識之前，我在醫院遇過你，你那時候為什麼去醫院？」

「我去看人。」我沒有詳細地說，但嚴格來說並不算說謊。

「你這隻橙帶藍尺蛾。」學長噗哧地笑。「你就說嘛，現在只有我和你和森林知道而已。喔，還有星星，那確實是有點多人。」

我也跟著笑了一下，我真的很喜歡這個人。

「這個嘛，我有一些睡眠和，其他方面的問題，我……」我試著學他，不要直接說，要用形容的方式來說明我的狀況。「我想每個人的大腦都像是一座山谷，而我的山谷只是比別人的還要深，還要有更多迷宮、更多蝴蝶罷了。」

「我就知道。」學長語氣很安心地說。「我就知道你跟我是一樣的。」他說完以後，便不再說話，靜靜地睡下了。在星星的注視下，我們依偎在一起。

身旁的學長入睡後，我還張著眼睛。眼前的樹冠群好高，我好像也曾那樣仰望過某處頂部。對了，是醫院。只是那裡與現在的黑夜相反，不管望得多深，都是無止境的白色。

醫生說，我不能分辨什麼是真的什麼是假的。就算有人在我面前揮手大喊：「這是假的！」我也不能辨識。但在我眼裡，所有的事都是真實的。那個不知道什麼是假的人，對我來說不是我，是另一個人。

有天，在看完診後我準備離開時，我的主治醫生突然招招手把我叫住。我還記得那是個大晴天，從白色窗簾溜進來的光跟在山上的一樣美麗。醫生輕聲地對我說：「你就把這一切都當作是一場夢吧。夢裡什麼都有，就算在做夢，你也會覺得全部都是真實的。」我想想，這樣也對，畢竟跟人生一樣，夢也只能做一次而已不是嗎？

當我走出診間，在白色無瑕的長走廊上，我好像看見了學長。或者是一隻蝴蝶，我也不能確定。遇過他好幾次的地方，也許不是博物館，而是在很相似的醫院。為什麼那時沒有記住他呢？也許是他的影子與我的太過相似，已經與我融合在一起了。

我忘記我是怎麼醒來的了，有可能是被露水的濕冷喚醒的，也有可能是被某種呢喃。我張開眼睛的時候，天還處在要亮不亮的時候，我想著還要繼續睡的時候，牠就這樣出現了。夜光蝶，牠翩翩地在我們頭上飛舞。

「學長。」我用最低的音量呼喚身旁的學長。「學長，快點起來。」我的唇貼近他的耳朵，難得地他很快就被叫起來。

「學長，你快看。」我語氣藏不住興奮地說，我看著學長的眼睛從惺忪到甦醒，然後眼皮完全地蛻開，即使已經看了這麼多次，但這次微觀他睜眼的過程就像看見一隻蝴蝶從蛹中蛻變。他圓圓的瞳孔有光芒在閃動，像一朵花綻放後花蕊上的露珠。

「你看到了嗎？」我盯著他的側臉。

「我看到了。」學長邊說，邊漾開了微笑。「小光，我看到了。」這時天漸漸亮了，天色從混沌不明的灰紫色逐漸明朗，轉為帶著霧白的鵝黃，我的眼睛已經沒辦法再看夜光蛾了，我只能一直盯著學長的側臉，他的單眼皮、鼻子、嘴唇都包裹在光中，跟我們先前在房間裡起床時一樣，這個早晨與其他每個早晨都一樣。

我想起了我們所共度的每個早晨、每個晚上，每個故事與話語與蝴蝶以及蝴蝶上的每個斑紋，那是真的，那些都是真的。

我不知道我們維持了這個狀態多久，大概到天完全亮了以後，我們才像解除咒縛一樣開始動作。我起身時仔細地看了四周，夜光蝶已經完全不見蹤跡，牠果然是只會在黑暗的時刻才會出現的。我們開始整理地上的火燼、睡袋，盡力將一切恢復完整。

「小光，你可以幫我捲睡袋嗎？」學長邊說邊將起火的餘灰埋進土裡。

「好。」大家都知道睡袋是全世界最難恢復原狀的物品之一，我低頭吃力地用身體壓縮它們，把它們密實捲起。

「小光，」學長突然叫我。「你喜歡我嗎？」

「一見鍾情。」我頭也沒有抬，不假思索地回答，彷彿這是本能。

我看著他，學長聽了以後笑了，就像我們第一次在博物館說話一樣，彷彿蝴蝶展開翅膀的笑容。

「小光，你那首歌我想起來了，我有聽過。」學長說著。

「喔，真的嗎？你要唱來聽聽嗎？」我低下頭繼續捲睡袋。

「我永遠都記得我們第一次見面時，你穿了一件罐頭桃子色的衣服。」學長再次出聲時，聲音突然變得遙遠了。我猛然抬頭，看見學長已經背著自己的包包，拿著捕蟲網站在樹林中。

「小光，你先下山吧。」我還來不及說話，學長先開了口。

「你說什麼？」

「你先下山吧，我還有事要做。」學長說著，雙腳慢慢地後退，向森林靠近。

「不用我幫你嗎？」

「不用。」學長像是有什麼要說，頓了幾秒後回答：「我們星期五在博物館見。」

「學長。」我叫著他，但也不是為了將他留下來還是想繼續問他什麼，就只是單純地想再呼喚他一下。我用進入森林後萌發的本能深深地望著他，想把他的樣子透過眼球印入我的大腦裡。

學長對我笑了笑，轉身進入森林，身影在林間閃爍遠去。一陣細細絲絲的歌聲，從他消失的地方傳來，像以歌形成的蝶道。

那時我感覺到，如果我追上去的話，我就會完全地迷失他。我們所擁有過的一切，都會像剛剛掃掉的灰燼一樣掩蓋在森林裡，不復存在。但我如果真的不去追他，靜默地下山，我真的還會看見他嗎？

在思考的期間，山的聲響越發大聲，像是蟲鳴，又或是某種微小到無法言說的生物發出的鳴叫，轟隆隆地充斥在周圍，如同雷響。我不知道該怎麼辦。

但腳還是跟上去了。

在前進的途中，也許是為了不讓自己後悔追上前的決定，我的腳越跑越快，但怎麼跑也看不到學長的蹤跡。許多的綠在我眼前向後掠過，不論跑了多久都是一樣的畫面，就像是網路上那種會無限重播的影片一樣。不知道哪來的念頭，我開始邊跑著邊唱歌，想著歌聲也許會成為媒介，引領我走向通往學長的路。

「呀——喝——蝴蝶翅膀飄飄，飛蛾眼睛妙妙，」我上氣不接下氣的唱著，每個音都稀薄的如空氣。「觸角碰、在一起，兩個都、死翹翹……」大概是「翹」那個字語音剛落，我就感覺到自己的腳不在地面上了。在還沒反應過來的時候，我的腳先踉蹌的與地面擦過，接著是手、肩膀、頭、膝蓋、全身。在滾落了不知幾圈後，像架紙飛機一樣我笨拙的停在了平緩的草地上。此刻的自己肯定看起來很好笑，我卻覺得無比安詳。好像我終於實現了成為蝴蝶的夢想。那一秒，我知道我飛起來了，然後墜落。現在，我也是那些標本之一了。

我不曉得我在地上躺了多久，在模糊的感官之中，似乎是有登山客發現我，幫我叫了救護車送到醫院。不知為何，躺在救護車上聽見的鳴笛聲，感覺是我人生中聽過最響亮的聲音，就像我一生都待在水中，而浮出水面後第一次聽見陸地的聲音一樣。

到了醫院才知道我的左手骨折了。包了一圈石膏，感覺我的手變得像夜市熱狗，或者是被安上了一個蛹。

「柯光傑，藥好了。」領藥處的藥師斜斜地看了我一眼，把具有重量的藥袋交給我。我拖著腳步走出醫院，到了人行道，一陣煙霧隨風圍攏了上來。

我坐在我的老位子，醫院急診室外的花臺上，抬頭看到一隻單腳的白鴿，那麼美又那麼潔白，卻缺失了。那是一個晴朗的星期天，天氣好到讓人覺得空洞，當我察覺到空虛的這個時候，我就要開始講故事了。我心數著不知何時才會到來的星期五，一邊說：「從前從前，在森林裡有兩隻蝴蝶，牠們是由在山中迷失的戀人所變成的……」

Sillage

「是夢。」在史考特離開前的最後一夜，他睡到一半時突然握住了我的手，當他的雙眼像海底吐氣的睡貝微微張開了一下以後，只說了這句話。

他從沒跟我說他那天夢見了什麼。但我會告訴他我每個夢境。

我來到這條街的第一天，絲毫沒有感覺到突兀。因為它跟我小時候住過的眷村實在太像了。一條巷子兩側排滿了平房，像是用繪圖軟體複製貼上一樣整齊。

有個男子帶著各種大大小小的黑色包包，全身黑地站在某間房屋前。我一走近，他便抬起頭，笑臉盈盈地看著我。我見過他，今晚他在火車上坐到我旁邊時，那些像群黑狗一樣跟著他的包包們被放到行李架上。

「接下來，由於工作關係我會跟拍你一段時間。啊，不會影響到你的日常生活的，請放心。還請多多指教！」他一邊說，一邊在他背著的包包中翻找著東西。

什麼？這兩個字大大地迴響小巷中，我甚至不確定我有沒有把這句話說出來還是只是在心裡想著，在這裡這兩者好像沒有分別。

他終於拿出背包裡的東西了，一臺相機。他將鏡頭對準了我，一道閃光閃現，那片純白像無縫的網絡一樣散開，我又陷入其中。

微暖的陽光照在臉上，外頭是明媚的早晨了。我從床上坐起來，腰背跟豆腐一樣僅僅是形成一體但鬆軟無力。放在書桌上的娃娃正好與我四目相對。它渾圓的豆豆眼今天依然沒有靈魂。

這是我第一次在夢裡夢見現實中只見過一次面的人。

「這什麼奇怪的夢？」

史考特在話筒另一側說著。他那邊很安靜，只有偶爾車輛高速行駛過的聲音。畢竟在早上七點的臺北，他那裡仍是半夜十二點。

「我也覺得很詭異啊。他真的就只是一個昨天在火車上剛好坐我旁邊的人，我真的完全不認識他，也一句話都沒有說欸，大概只有他坐下來的時候有對到一眼吧。」我拿著手機，用單手拆開超市買的廉價紅茶茶包。我不喜歡開擴音講電話，一定要耳朵貼著話筒才安心，總覺得對方的聲音會在我與手機的距離中消散，就像紅茶的氣味一樣。

「老實說，他是不是你喜歡的類型？」

「才不是。」雖然知道他在開玩笑，我還是加重語氣。「他看起來很矮欸。」

「是嗎？你確定喔？」

「真的啦。」

「好啦，我要去睡了，剛剛蒂蒂還想要我陪牠玩呢。」蒂蒂是他養的瑪爾濟斯，非常乖巧從不吠叫，與我們家以前養過的狗一樣。「你差不多也要準備去上班了吧？」

「是啊。」其實離我上班還有兩小時，但我還是那麼說。「那，掰掰？」

「嗯嗯。」像是要說些什麼但話語又縮了回去，史考特後來輕柔說出的「掰掰。」從手機撲上臉頰後在房裡幽微小聲地迴盪，然後不可避免地消失。

自從史考特去柏林從事太陽能研究後，我們就只能在太陽剛出來的時候講電話。在認識他之前，我對太陽能源一無所知，只知道陽光是個免費的，每天都會從天下降下來的寶物。

「做這個一點也不簡單啊，你知道嗎，實際上轉換之後可用的太陽能源只有百分之十，我們在努力拚的都是為了增加那百分之零點幾啊。」史考特用憐惜的眼神看著我。「太陽也是很辛苦的。」

他在離開臺灣前曾經展示給我看過。將一個小小的盒子捧到我眼前，然後打開，裡面是幾個翠綠色的薄片，有著格狀的紋路，史考特的手像捏著蝴蝶翅膀一樣小心拿起一片，擺動時它閃著藍綠或亮黃的光澤，美得像某種絕種傳說生物的鱗片。那是太陽能板電池。

「很漂亮吧。」他炫耀似的說著。

我用力點點頭。「我沒想到它會這麼美。」

「你想不到的事情還有很多呢。」他邊說邊收起薄片，蓋上盒子，收起來。

那天他凌晨就走了。那時很冷，我特地從床上爬了起來，發著抖抱住他吻了最後一次。他關上門時，房內瞬間變得黑暗，那時太陽都還沒出來。

他走了以後，我像玩尋寶遊戲一樣細數他在房間裡遺留下來的物品：牙刷、打火機和用過的保險套。他旋風似的將所有衣物都捲席帶走，唯一留有他味道的只剩床上的枕頭。那是顆暖橘色的枕頭，我在自己的房間，像個竊賊一樣悄悄地低頭把鼻子湊上去嗅，史考特的氣味是薄荷洗髮精與人體特有的油脂味融合成的。我把枕頭持續放在原本的地方，不敢移動也不敢收藏起來，就怕上面的味道會消散。

我打工的影印店夾存於商業大樓林立的一條巷弄中，大概是因為已經營業許久，即使是處處都有影印機的時代依然還有生意。影印店的老闆就是我的房東，從我大二開始，就一直在老闆夫婦那邊租屋與打工，現在依然如此。

歷史悠久的紅白招牌，印著「影印」兩個大字的玻璃門後，幾坪大的空間放了好幾臺影印機、裁紙機、裝訂裝備，在那機械與紙張的夾縫中，就是我的位置。

身為除了老闆外唯一的店員，除了印傳單、考卷外，老闆給我了另一個專屬工作，就是影印或掃描整本的書。你知道的，就是一些侵犯智慧財產權的工作。這些工作大多在夜間鐵門拉下時進行，會被送來的書多是厚到價格不菲的參考書、原文書，或是絕版小說等等，總之它們都非常珍貴。每一夜，它們在我手中翻來覆去，像不斷躍出海面的鯨魚，而影印機掃描的冷光就像從海底發出的某種信號，牠要攫取所有海洋生物的靈魂，有時，連我也會在那些光中失神。

我的圍裙上夾著寫了自己名字「夢凡」的名牌，我不明白為什麼在這裡工作需要名牌。客人們並不會叫你，大家多是將要印的文件與需求交給你之後，就會默默地飄走，剩下的時間留你一人與機器共處。但機器不會叫喚你的名字。

「夢凡。」叔叔從店門口喊我，讓我從影印機掃描文件的光線中抬起頭來。「關店就交給你了喔。」仔細想想，現在會呼喚我名字的人，只有叔叔跟史考特。

這天要趕工的是一本厚厚的外文書，裡面有許多插畫，看起來像民族傳說故事。從文字上，我只看得出那是拉丁語系的國家，版畫風的人物舞著幾何的四肢，或撕裂動物的肢體散為大地作物，或長出翅膀飛向天空。翻著翻著，有一張圖沒有任何的人，只有一隻看起來像狗的動物——站在高聳的山上，張開有利牙的嘴吃掉天上的太陽，畫中的世界由離太陽最遠的地方逐漸染上黑色，感覺很類似天狗食日的故事。這隻狗與嬌巧乖順的蒂蒂不同，看起來非常兇猛，就像黑夜一般。我已經不記得拿這本書來列印的人長什麼樣子了，只記得是個肥胖的中年男子，穿著緊繃的白襯衫，大概是因為天氣熱的關係臉頰泛著紅，說話時也喘著氣。我從站在門口的他手中接過書時，感覺圍著他的店門變小了。

這間影印店其實並不算小，只是因為堆滿紙張與機臺變得非常擁擠，那些紙箱堆疊像城堡，有時我覺得只要我蜷縮起來，就能躲藏在裡面，讓任何人都找不到我，而我確實那麼做過。在某個空無一人的夜晚，鐵門拉下，剩我留守店裡非法影印，在我將整本夏宇詩集掃描完畢後，我靠著影印機坐在地上，什麼也不做，就只是坐著，猶如下潛，沉浸在這片白色人造物淹成的海。當時的我，覺得無比安全。

這間影印店是老闆的父親所開設的，店面是自己的，不用房租。而我住的套房是老闆娘的娘家給她的房產。對他們來說，這些資源就是天上的太陽，一直都是掛在天上。

而我擁有的太陽是什麼呢？也許，我把史考特當成了我的太陽。我們從大學二年級就交往了，雙方父母也見過面，基本上沒有意外，我就會一輩子跟他在一起。等史考特回來，我們就可以結婚了。到時也許我已經找到更好的工作，也許沒有，但也沒關係，只要史考特回來，一切都會變完整。他已經去德國半年，在他回來前，我只能在夢裡見到他。

一抬起頭，我佇立在一條黑暗的小巷。

這條巷中的房子跟我夢想中的房子一樣，矮小的平房，靜謐的老舊住宅區，小路像穩健的枝枒一樣整齊散開，而房子們葉子般並排序列地長在兩側。後來想想，這裡有點像四四南村那樣有著舊眷村的氣味。

然而在這樣的夜裡這裡並沒有路燈，連月光也全無。只有每間房裡透出的曖暈光芒，有點像熄燈後神明廳會散發出的那種，那些燈光都是不同的飽和顏色，葡萄紫、亮水藍、翠葉綠均勻地暈滿整條巷子，像條慶典中的水道。

我獨自走在小巷中，腳步聲咖噠咖噠地迴盪在柏油路上。我走到巷口第一間房子前按了門鈴，等待時，我握緊不知何時就被我揣在懷裡的記事簿。那是本附有紅色書寫木底板，像辦公在使用的堅實記事簿。

打開門的是一個阿伯，一片灰髮像貝雷帽頂在圓胖的臉上，穿著白色汗衫和休閒短褲。他圓渾渾的眼睛看著我，然後展開微笑。

「夢凡啊，好久沒看到你了！」

「伯伯，最近過得怎麼樣？」

「很好啊，進來坐！」我踏入門口。

阿伯的家就像他本人一樣，充滿懷舊的氣味。掛著日撕式的月曆，客廳放著木製的長椅跟長几，他家客廳的三面牆都被改裝成書櫃，塞滿了各種語言的書。放不下的就堆在一旁，形成一座座小書丘。書堆中冒出兩個小小的頭顱，那是他的兩個孩子，他們昂起頭用小兔般的眼神看著我，微紅色的光從貝殼造型的小夜燈滲出來，把他們臉頰映紅。

「我們家沒什麼變觔。」阿伯指向壯觀的書牆，有點不好意思地說。

「不會啊，畢竟工作需要嘛。」這麼說的時候，我也拿起記事簿開始記錄他們的生活狀況，包含這個家的成員、屋子樣貌，我隱約地感覺到，這個像人口調查的事情是我在這裡的工作。

「你有空就來喝喝茶啊。」阿伯說著，聲音非常輕柔。

「好啊，好啊……」我一邊低頭在記事簿上記著東西，一邊回應阿伯，最後我的「好啊」變成像漩渦一樣，逐漸小聲逐漸被吸入某種靜默中。我覺得我在寫字，但越寫越快、越潦草，書寫在紙上的筆跡退化成圖案，線條扭動扭動成一隻隻獸，看起來像狗又像石獅，牠們從紙上躍出，筆觸成了鬃毛，又成了四肢，牠們奔跑像要奔向黎明草原一樣歡快。

我的上下眼瞼躍然睜開，若有人從上方看，應該很像突然綻開的捕蠅草，但並沒有捕捉到什麼，反而是大腦中好像有什麼從甦醒的眼睛散逸了。白天的光又曝曬在我的臉龐。

「我覺得你是日有所思，夜有所夢吧？」史考特在電話那頭說著。

「不是吧，我想一個不認識的大叔幹嘛？」

「你確定嗎？」

「很確定。也許是最近壓力有點大吧，我不曉得。」

「是嗎？雖然我不知道影印店會有什麼壓力啦。」他說完呵呵地笑。

「你講這什麼話？」有時我很討厭他這樣開玩笑。

「沒有啦，說真的，叔叔有給你很多工作嗎？」

「沒有啊。」我頓了下。「其實做這些夢也不是什麼大問題，但我覺得很奇怪……在現實中，我們應該是只見過一次的人，但在夢裡卻感覺很熟，好像我們已經認識了很久一樣，連他全家大小我都認識，但我也不知道他現實中是不是這樣的人。這種感覺你知道嗎？」

「別想太多了。」每當我向他述說煩惱時，史考特總會以這句話結尾。彷彿這句話是個熨斗一樣可以燙平一切。我應了聲，看著從窗戶射進來的微光，有許多平時看不見的塵埃在其中漫舞，他說的那句晚安也在日光中化成微粒，在房間中漂浮不止。

在那之後，夢像接了水管，形成地下伏流不斷延續下去。幾乎每晚，我都會佇立在那個小巷，那個小巷總是沉浸在黑夜裡，無論時間如何流動。

有時我感覺一待就待了好幾天，一次就造訪了許多人家。有時就僅僅過了一晚，專注地陪伴某人，在他家聊天喝酒。有時，我拜訪的是捷運上偶然對上眼的上班族女性，有時候是超商的工讀生小哥。我那本忠實的記錄簿，總是跟著我一起到訪每個人的家屋，記錄下他們的生活樣態。不論如何，在夢裡，我從沒回到自己家過。

「妹妹你有喜歡的人嗎？」今天在便當店看見，穿著樸素的夾菜阿姨，現在正穿著絲綢細肩帶睡衣，斜躺在貴妃椅上慵懶地問著我。她家養了許多貓，多到我踏進來之後還無法完全辨識出總共有幾隻。

「有啊。」我馬上回答，手指持筆在記錄簿上快速書寫。一隻白貓走過來用臉頰磨蹭我的手。

「我以前以為我對貓過敏。」阿姨邊說，邊搔著一隻三花貓的下巴。「後來某個下雨天，我在路上撿了隻貓回家。那時我並沒有特別喜歡貓，只是覺得日行一善，而且只是養個幾天應該還好。結果，過了好幾天，我都沒有過敏的症狀，於是我就這樣繼續養著那隻貓，後來越養越多，最後我的人生變得沒有貓就不行了。」一些貓咪喵喵叫，把她最後說的幾句話覆蓋住，像微弱的收音機音訊。

「我不曉得自己是一開始就沒有對貓過敏，還是在我的成長過程中痊癒的。我也不知道自己是一開始就喜歡貓只是沒自覺，還是對最初收留的那隻貓咪日久生情才變成這樣的，但我只知道自己現在確實愛著貓咪，知道自己有喜愛的事是很幸福的。」阿姨的視線從貓轉移到我的臉上，對我乍然一笑，那時我覺得她好美。「但你知道，有時候即使我們以為事情是這麼一回事，但後來也不一定是這樣。」

臨走前，阿姨送我到門口。「記得要快點關上門喔，外面有狗，我怕貓咪會跑出去。」她叮嚀我。我踏出屋外，邊走邊發出彈舌聲，以前我都是這樣叫我們家的狗，現在真想見到牠。我抬頭看，在這裡天上的星星多到不可思議，以一種浮誇的方式在閃爍著。彷彿它們是活的，正從夜空觀測著我們的生活。

這麼說來，那個一開始夢見的攝影師也就只出現在那場夢中而已，他從未在那個社區出現過。只要進到夢裡，我就會忘記他的存在，醒來後總想著他是否在夢中哪個角落出現過，帶著那臺我不知道專業名稱是什麼的大相機。

他在夢裡說的跟拍到底是什麼意思呢？會不會其實他也正在做夢，而夢裡他正遇見著我，就像我遇見其他人一樣？

遇見他的那天，不知為何，明明是個溫暖的日子，我卻莫名地想去泡溫泉。

那天是我的生日。早上跟史考特講電話時，他只簡單地說了聲生日快樂，叫我去找些朋友慶祝。掛上電話後，我思索了一下，發現我現在沒有半個可以約出來的朋友。跟史考特交往後，我與大學朋友們的聯繫就漸漸減少，節日也都是跟史考特一起過。只有大一我們尚未交往時，我生日那天跟系上的朋友們一起去夜唱，那也是我人生中唯一一次夜唱。

之後，我假裝身體不適跟叔叔請了假，那是我第一次這樣做。我搭了南下的火車往宜蘭去，一路上火車窗外的風景都非常迷人，山色與田野被暖暖的陽光包圍。

到了目的地時已經接近下午了，當我踏上月臺後，卻發現地面上接連出現小小的黑點，天空下起雨了。我傻住了，因為我沒帶傘，應該說我什麼也沒帶，只裸裸地帶著一顆衝動的心坐上火車了。我坐在火車站前的長椅上望著不止的雨，雨由星點逐漸變得密集，我愣愣地想著要不要買一把傘，但那樣要多花錢，而且距離溫泉會館還有一段距離，還是要乾脆坐計程車呢……

在眾多的思考之後，不知為何，我買了回程的車票，搖搖晃晃地回到了月臺。就是在那趟回程時，那個攝影師坐到了我右邊靠窗的位置。我連他是不是真的攝影師都不知道，只覺得他的全黑背包感覺裝了很貴重的物品，也許是需要被呵護的某種儀器。他只有在要經過我坐上位子時跟我點了個頭，在車程中，我打了個盹醒來後，他已經不知在哪站下車了。

「夢凡，今天關店也麻煩你了喔。」叔叔在幫我把鐵門半拉下之前，一如往常對我喊著。

「好喔。」我低著頭一邊裝訂一邊回答。

「我覺得你最近變得比較有精神了。」叔叔說著。我疑惑地回過頭看他，卻只看到在鐵門空隙中兩管他走離的腳。

將某個大學生要的講義裝訂好後，廣播剛好在播劉若英的〈為愛痴狂〉，那是我很喜歡的一首歌。為了把它聽完，我開始動手整理一些用不到的紙張，好留在店裡久一點。

「想要問問你敢不敢，像你說過那樣的愛我……」劉若英溫柔地唱著，我的手捧著一疊客人印錯的資料，大多是正反面印錯、印刷不清楚等等，它們的存在很奇特，它們的內容並不是錯誤的，但以一種畸形或不正確的方式誕生，於是就被丟進了廢紙桶。

照理說，顧客的資料我們不宜故意細看。但真正會讓人在意的東西往往會被帶走，於是我就隨意翻看了一下。其中一頁紙張吸引我的注意，那是則手寫的筆記，乍看像是背單字的抄寫。仔細一看，裡面記載的單字全是不同的語言，細看了一會，原來寫的人是在把各國具有奇妙或特別意義的字詞收集起來，寫成一則筆記。例如「Hoppípolla」是冰島語中專指「越過水坑」這個動作的詞。「Hygge」是丹麥語，指的是令人舒適的空間。而「Petrichor」是英語裡下過雨後，泥土散發出的特殊清新氣味。

也許這些單詞在那個國家只是普通的詞彙，但因為臺灣沒有這樣的詞語，這些單字便成為了神奇符號。這則筆記像本魔法咒語書一樣，讓我接連著好幾頁一直看，難以停止，甚至想看更多。突然想起，大學畢業後，我原本想繼續念研究所，想選擇跟本系英文系有點關係的語言學，但史考特說念這個沒有未來，要我別浪費時間，早點出來工作比較好。現在想想，當初的選擇是不是錯的？

我不禁想著來列印這份資料的客人是不是有與我碰到面，他是男的還是女的？也許他是今天來取件的某個客人，也許他也出現在我的夢裡。

這時我看到一個單字，「Sillage」，那是法文中船畫過水面留下的痕跡，又可以指某個人走了以後留下的氣味。

當我意識到時，劉若英的歌不知已經唱完多久了。

我有想過把史考特的枕頭收起來，這樣也許就能中斷這個奇異的現象。畢竟它就在我的枕邊，每晚都陪我睡覺，我以為這樣，也許我就能在夢裡見到史考特。但每當我把它放進衣櫃後，過了五秒就會再拿出來。況且，這些夢並沒有給我帶來任何困擾，我是這樣覺得的。

那個夜晚一開始跟其他夜晚無異，除了這次的屋子，位在這條我以為是無盡的小巷最尾端的地方。當我敲門時，屋主看起來正準備要出門的樣子。

「你來啦，真剛好，我正要出遠門。」那個年紀看起來跟我相仿的大男孩說著，他穿著登山外套，背著一個跟他上半身一樣大的登山背包。我記得，我是在紅線的捷運上看到他的。那時也許他正要去火車站。

「這樣我還能進來嗎？」我對踏進屋子感到有點不好意思。

「沒關係，你進來吧，跟你聊完我再走。」

我們就在竹編的公婆椅隔著小几並肩坐下。我把頭側過去看他時，他那雙深邃的眼睛也總是凝望著我。那是印象中最沒有壓力的一次談話。他說著他去過的每個地方，秘魯的高山、玻利維亞的大斜坡、土耳其的香料市集，就算只是說著走路時看見的一座橋、一棵不知名的樹，也一點都不無趣。

「時間到了，我該走了。」他望了望小几上復古的紅色塑膠時鐘，雖然我從沒看見它的指針移動過。

「啊，好的。」我急忙站起身。「真抱歉，我太晚來了。」

「不會啊，你應該慶幸你有來，不然就見不到我了。」他這麼說時，我覺得窗外的天色好像有股快要破曉的錯覺。

「知道嗎？聽說沒有一個地方是沒有狗的。」他一邊低頭鎖著門，一邊說著。

「我想在旅途中，看各個地方的狗。」我覺得這是件很棒的事，但沒有說出口，只是微笑看著他。他也跟方才對話的時候一樣，笑著低頭回望。突然，他像是想到什麼，收起了他的笑容，用一種微妙的眼神凝視著我，像是因腳丫踏入而鼓起泥沙看不見底的水潭，比他接下來要去的地方令人更加不可知。

他伸手捧住我的臉頰，湊上前將他的嘴唇覆上我的，深深地吻了起來。我也伸出手，緩緩地伸到他的後背。這個吻彷彿有一整夜那麼長，甚至讓我感到窒息。在他家的紅色鐵門前，這個夜似乎變得更深更濃稠了一點。

我坐在床上，一點也不想站起來。那天早上，我沒有打電話給史考特，他也沒有打給我。我不知道這個空白的上午是不是巧合。

小時候，我們家養過一隻狗。那是隻黑得像夜晚一樣的臺灣犬，即使爸媽都叫牠小黑，我在心裡還是喊牠阿夜，因為那樣比較帥氣。牠非常乖巧從不吠叫，在陽光正好的時候，阿夜總會躺在家門前的空地曬太陽，四肢伸地直直的，像是斜陽時在地上妄想無限延長的影子。牠富有光澤的毛皮會被烈日反出白閃閃的光絲，像是銀河投射到牠身上一樣。我愛蹲在牠身旁看那活著的宇宙安詳地呼吸起伏。牠像夜晚卻喜愛做白日夢。

有天，一個陽光正好的日子。我瞇著眼走出家門，即使日光暈開了視線所及之物，我還是看得見阿夜躺在那裡。我走了過去，站在牠身邊，看著牠身上滑順的黑毛依然閃著光芒，咖啡色的眼珠被眼皮掩上，牠睡到吐出舌頭。盯著牠的臉好幾秒後，我才感覺到不對勁。牠的胸口一點都沒有伏動了。牠的四肢伸地直直的，幾隻蒼蠅在牠眼睛周圍飛繞。

我愣了好幾秒後，轉身逃跑了，從日光暖烈的地方逃到屋簷下的陰影，再衝入家門，躲入房間，假裝無事發生。爸媽發現牠時，牠已經在太陽底下發臭了。

後來，我從未跟人說我養過狗。這件事，我只跟史考特說過。那時他說，等以後我們再一起養一隻狗。但他到了柏林後，卻自己在那有了寵物。他離開臺灣前，慎重地把那小盒子遞向我的時候，我以為那就是以後。

那天晚上，我第一次在習慣的時間外打電話給史考特。

「喂？」他接了起來，感覺有點慌亂。「你怎麼打來了？」

「抱歉，你在工作嗎？」我問，他那裡聽起來很安靜。

「沒有，不過我現在有點忙。」他說話時，背景有人或動物在摩擦移動的聲響。

「蒂蒂在你旁邊嗎？」

「什麼？沒有啊。」他突然有點結巴。「抱歉，昨天我太累了，就沒給你打電話。」

「沒關係，我只是……」我突然有點不知道該怎麼說明為什麼這時候打給他。「我只是，有點心情不好，想跟你說說話。」

「又是因為做夢的關係嗎？」

「不是，跟做夢一點關係也沒有。」我強調。「我其實一點也不在意那些夢。」

「那你為什麼要每天跟我說那些夢？」史考特嗤笑了一聲。

「我只是……我以為你會想聽。我以為你會想聽我發生了什麼事。」

「你在說什麼啊。」他說，感覺有點無奈，但語氣很溫柔。

「你有沒有想過，其實一開始我們也是陌生人呢？就跟我在夢裡的那些人一樣，我以為我完全不認識他們，但說不定只是還沒認識。」

「你是說我跟他們是一樣的嗎？」
「我當然不是這個意思。」
「我們都已經交往這麼久了。」他沉默了一下，很像是在斟酌使用的話。「我不知道你怎麼了。」
「我也不知道。」我望著窗外，在夜裡這裡什麼也看不見，沒有任何光，也沒有星星。「我可能只是太想你了。」
我這邊靜悄悄的，他那邊也靜悄悄的。
「你還記不記得我們第一次在影印店見面時，店裡面播的是什麼歌？」史考特突然問。
「〈為愛痴狂〉。」我馬上回答。
「對啊。」他說，感覺在笑。我突然開始想像，如果我們不再在一起會是什麼樣子，那是我怎麼也無法想像的事。但一股直覺告訴我，現在一定要做出什麼改變，我的呼吸才有辦法繼續。我決定問一個一直很想問的問題。
「你在離開前那個晚上不是做了夢嗎？你突然握住我的手。」我深深吸了一口氣。「能告訴我你做了什麼夢嗎？」

電話那頭的史考特安靜了許久。我看不見他的臉，但我腦中浮現他開玩笑地捏我臉的樣子。我曾想過，如果我的眼睛是臺照相機的話，那我的腦中一定能洗出非常非常多張史考特的好照片。我們擁有太多美好的時刻了。我渴望再次看見他那個樣子。我很久沒看見的樣子。

「我不記得了。」他說。「我真的該去忙了。」

我沒有說話，我知道他記得那個夢。

「我明天再打給你好嗎？」他見我沒有回應，小小地嘆了口氣。「晚安。」

那天稍晚，我把史考特的枕頭拿起來，放在床的中間，將頭用最輕巧的方式枕了上去。

Maja這個名字，有人說來自希伯來語，有人說是阿拉伯、拉丁文，總之，來歷不明。這個名字的意思是「燦爛的」。也有人說是「魔法」。另外，它也是某些海蜘蛛或蜘蛛蟹的屬名。

史考特的社交網站上，從沒放過Maja的照片。非常偶爾地，我會在私訊的小框框中看到牠的模樣，純白、嬌小，跟阿夜一點也不一樣。最後一次看到牠的照片時，我發現Maja渾圓臉龐旁的櫃子玻璃上反映了一個倒影，一個模糊女人的影子。過了幾小時，那張照片被收回，史考特說玻璃倒影上有他的裸體。

一到了這條小巷，我就察覺它與以往不太相同。據說愛斯基摩人因為生活中充滿雪，而有許多形容雪的不同字詞，那我也將夜晚分為很多種類。今天的夜感覺特別地深，感覺很像黎明前夕最後的天黑時分。

也許還有一個原因，那就是所有房子的燈光此刻都消失了。我緩緩沿著路走，沿途都沒有人的氣息，這個社區好像在一夕之間被搬空了。只有一棟房，遠遠地閃著飽滿的橘色，那色彩像是免費的太陽。

走近一看，我驚訝地緊握住記錄簿。這間房屋，在屋頂上本來該是瓦片的地方鋪滿了太陽能板，在這沒有太陽的地方。

我下意識地不想踏進去。我覺得史考特就在裡面。只要進了這間屋子，我就會看見他。

過了這麼久沒見，我應該是想見他一面的。但腳不知為何，就是釘在原地動彈不得。

突然，我聽見了一聲狗吠的聲音從屋裡傳來，不像是蒂蒂那樣小型犬的叫聲，感覺非常宏亮，有點讓人懷念的感覺。

下一秒，我已經邁開了腳步將門打開。

打開門，裡面並沒有狗，甚至沒有任何生物，屋裡什麼家具都沒有，只放了好幾臺影印機。那些熟悉的機器運作聲咖嘰地響著，A4紙散落在地板各處，白色的機臺和白色的紙張填滿了這間屋子。

「連在這裡我也要面對工作嗎？」我自言自語地走進房子深處。史考特不在，我有股既鬆一口氣又失落的感覺，心裡空蕩蕩的。我低頭一看，發現地上每張紙都有印東西，有些是照片，有些是文字。在一片紙海中，我看見一張照片，那是我跟史考特兩年前的合照，當時我們在遊樂園的摩天輪前，兩人笑得非常開心。

我抓起其他紙張看，有些寫著我們一起看過的影集臺詞，有些是他最喜歡吃的食物的食譜，我突然意識到這些紙張就是史考特的回憶。

在一個角落裡，放了一個紅色的記事本，不知為何，我清楚地知道那就是史考特的夢，只要我翻開筆記本，就能知道他所做的夢是什麼。

我慎重地跪坐在筆記本面前，手指像要對齊裁切線一樣小心，筆記本翻了開來，裡頭什麼也沒有，只夾了一片美麗的翠綠色薄片，閃亮如寶石。

看見那個世上最美麗的人造物時，我的眼淚不由自主地流了出來，一滴一滴地掉在筆記本上。我不知道有沒有一個詞彙能專門形容現在的感覺，我只知道剛剛那些散落的紙張並不是史考特的記憶，而是我與他的記憶。我永遠也不會知道他做了什麼夢，就跟他永遠不能完全知曉我的一樣。

這時，一聲狗吠又從外面傳了過來。我站起來，顫顫巍巍地走出房外，世界模糊地感覺分不出天與地的交界，走到巷子上，我看見遠遠的一隻閃亮著光澤的黑狗在我眼前，那黑色毛皮像是吸收了夜裡所有的星星一樣既深沉又耀眼。

「阿夜，是你把這裡的太陽吃掉的嗎？」我出聲問，但牠沒有回答，只是扭過頭去，往小巷的盡頭走去，在我以為已經沒有路的地方，牠往左轉鑽進了一片金露華樹叢裡。

我跟著牠，經過了背包男的家，擠進了樹叢枝葉間的縫隙。一朵朵小巧的紫花從我臉上掠去，之後映入眼裡的是一棟獨立的房子，長得與社區所有房子一樣，但我知道它是獨一無二的，它是我的家。

我拿出好似本來就一直在手中的鑰匙，打開斑駁的鐵門，我的家裡沒有任何隔間，但屋子後半像樓中樓一樣做了一個比較高的實心平臺，跟地板一樣洗石子材質的小樓梯連接到那。家裡的家具是最簡單的那種：一張椅子跟一張桌子。走進去後，我脫掉鞋子，感覺解放了一整夜的痠痛。不對，應該說是這麼多夜來不停走動的痠痛。我疲累地抬頭看，發現屋子最底的牆上懸掛著唯一的一扇窗戶，而高平臺的地板正冒出熱煙。

我走上平臺一看，原來那裡有個內嵌式的大浴池，鋪滿了美麗的彩色磁磚，就像以前爺爺奶奶家的舊式浴缸一樣。

我把包包與記錄簿扔下，褪下所有的衣物，緩緩地從腳進入浴池，直至脖子以下都泡入其中。真奇怪，即使是在夢中，我還是能感覺到暖流包圍了我的身體，腦袋就好像一顆浮球暈暖的浮在水面，什麼也沒在想。

我仰頭望著玻璃窗，感覺這就是我的最後一次探訪了。我要在記錄簿上寫些什麼呢？我在這裡的生活一無所有。也許，該試著寫封信。可是要寫給誰呢？又要寫些什麼？在天亮前，我有很多時間可以考慮。

我抬起手，手從水裡進入空氣時，帶來一種真實到無以比擬的刺冷感。一些水波在水面上浮晃著，最終慢慢平緩。

「想要問問你敢不敢，像你說過那樣的愛我……」我開始唱起〈為愛痴狂〉，當時生日跟朋友去夜唱時，我也唱了這首歌，那時是如此的快樂。此刻回音隨著熱水的霧氣一起氤氳地上升瀰漫。「像我這樣為愛痴狂，到底你會怎麼想……」

我想到那天，我跟坐在身邊的攝影師並不是完全沒有接觸。在搖搖晃晃的火車上，我不小心打了個盹，醒來之後發現自己的頭就靠在攝影師身上，而他也睡著了，微微地把臉也枕在我頭上，一點也沒有察覺。不知為何，我一點也不尷尬，一點也沒有想把頭挪起的意思，只是瞥了瞥窗外，那時我們在隧道裡，窗外一片黑暗，讓迷迷糊糊的我一度誤以為已經天黑了。直到出了隧道後，看見了雨後微微的陽光我才安心。只因為沒有看見光，就以為這裡全然是黑夜了。

後來，我再度閉上眼，彷彿這個世上一點煩憂都沒有，彷彿此刻是在做夢一樣，在陌生人的肩上再度睡去。

這時，窗外的天似乎亮了。

茄紅素

在炙熱南方的一個小鎮，一條小巷裡的菜市場，用水泥砌出的小店面裡，茄紅素顧著幾乎不會有人來光顧的舊物攤。她的月經已經兩個月沒來了，像花季延遲的花朵一般。

她每天做得最多的事情就是把手臂放在橫列的玻璃展示櫃上發呆，冰涼的金屬邊框會幫她把熱能帶走一些，然後看著外邊小路因過熱而湧起海市蜃樓般的扭曲，今日的空氣仍然像穿了燒熱的舞鞋一樣自路面向上狂舞。

高溫會不會殺死空氣中的病毒，茄紅素心想。

茄紅素的名字就是叫茄紅素，這不是綽號。她的父母覺得世上再也沒比健康更重要的事了，出生時她全身紅通通的，爸媽希望她永遠活得紅潤，於是就決定叫她茄紅素了。

在她還會去學校的時候，她的同儕常常會用這名字取笑她，說她是「化學物質」、「不自然」、「番茄人」等等，某天有人教她，要是有人這麼說就要回：「全世界每個東西都是化學物質組成的，不自然的是化工物質。」

茄紅素其實不在意被說是化學物質或不自然，她一點也不在意。她從廢棄的舊課本上看過化學式的鍵線式結構，那些多邊形與線條她覺得很美。

在攤位上百無聊賴的她開始摺起紙蓮花，這是她最近的興趣。那是店裡唯一的常客所帶來的，那人像海浪一樣，沖來一些東西也捲走一些東西。他會帶走茄紅素不知道如何使用的物品，也會帶來她所不知道的物品。紙蓮花是由一張張方型的黃紙所組成，上頭以紅字寫著「極樂世界」，那些黃紙收納在同樣紅黃配色的紙盒裡，他說那是以前的人獻給死去的人的物品。

茄紅素低著頭，伏在冰涼的玻璃櫃上摺著。她哼著歌，那首歌是她某天清理貨物，在一臺舊手機裡發現的。她遇見它那一刻，感覺就像命中注定一樣，讓她癱坐在粗糙的水泥地板上久久不能自已。那一天，她反覆地聽了那首歌好幾百遍，想將它的旋律牢牢記下來。她知道如果機器哪天壞了，這段音樂將會永遠消失，機器就是這麼靠不住。一個拉長音的地方，她順著歌聲將紙的邊對齊線，用拇指滑雪般順暢地壓平，把方形變成長方形，再摺起四個角，把長方形化為一片花瓣。

茄紅素從未看過真正的蓮花。

當氣溫越來越高、石油逐漸乾涸後，世界失去了以往的規律。從某個時期開始，學校就不上課了，公家機關也不再強制運作，國家不再追求GDP，幾乎每個地方都是這樣。地球不知道還能活多久，而人類亦是。政府要人們去做自己想做的事，因為他們自己也是如此。

茄紅素每天到學校被人嘲笑的日子，在她國小三年級，也就是十歲的時候結束。在她父母相繼過世後，她接下了離住家只有一條街的古物店，之後幾乎每天待在那裡，從稚齡之姿待到現在已是個少女模樣了。旁邊的肉販、菜販們現在都不再來擺攤了，因為天氣越來越熱，食物沒辦法在「常溫」中保持新鮮，如今這排稿紙般方格交錯的攤位只剩她孤零零地營業著。

她的常客，她在心裡叫他海豚先生，因為他說他是從海邊來的。而且海豚是少數看起來會有笑容的動物，他來的時候，臉上總是在笑。

她看不出海豚先生的年紀，從相遇到現在，她從孩童蛻變成少女，但他一直都是青年的模樣。每次來的打扮也一樣，戴著寬邊登山帽、穿著防風外套、戴眼鏡。那副旅行者的裝扮，說他是世界另一頭來的茄紅素也會信。他每次都從一個破舊的帆布斜背包中拿出要給茄紅素的物品，有時他不收錢，就像是個分享的禮物一樣遞給茄紅素。那支翻出了美妙歌曲的手機就是他給她的。

大多人以為來這裡的客人都是上一輩的人，但意外地各年齡層都有，茄紅素看過有跟她年紀相仿的人興奮的買走一臺按鍵式手機，說那是夢幻逸品。也有老奶奶一言不發的拿了隻白色貓咪樣子的布娃娃，一臉滿足的離開。更多時候，她覺得自己販售的不是舊物，而是更為抽象的東西。她知道，有些消失的事物會在她的店裡再次回到現世。

古物店鮮少有人上門，空閒的時間，茄紅素就發著沒有盡頭的呆。她覺得發呆就是醒著的做夢，會帶她到她從未去過的地方，例如雪景、火燒的草原、有綿延沙灘的海邊，她經常幻想自己住在海邊，她會將自己的房子畫滿海洋生物，讓自己完全地被海包圍。

她很想問海豚先生他有沒有聽過那首歌，他會唱嗎？她也想知道蓮花到底是什麼樣子呢？實際的大小有比拳頭大嗎？有什麼樣的芳香、色澤？她有太多事想要知道，例如剛除過草的空氣、海水的觸感跟吻的感覺。

也許有一天她會到海邊去，她從未去過海邊。海豚先生一定看過海水還蔚藍的樣子吧？這是個夢幻般的疑問，她想著，下次要把這個問題問出口。

但從那之後已經過了三個月，海豚先生一次也沒再來過。他從未那麼久沒來。

茹紅素一個人守著店鋪。海豚先生送她的紙蓮花紙已經摺完了，小小的店面放不太下，她把一些紙蓮花塞進一個方型玻璃箱裡，再收進家裡的倉庫。那是這一個月唯一收到的物件，來賣的中年男子說那是水族箱，以前用來飼養水生或爬蟲類生物，她覺得有點有趣就收下了。那賣的人走時收下錢後帶著一股落寞的微笑。幾天後，茹紅素在打掃時不小心用掃把將水族箱撞破一個洞，玻璃箱瞬間價值歸零，放射狀的紋路印在水族箱右下角，其中一條裂痕特別長，像極了一朵花的花莖，或發散的煙火，或正在滑行的彗星。

有時她會覺得這一切都是一場夢。大概是某個溫熱的下午所做的白日夢，醒來時會被窗簾縫間的陽光刺到眼，全身會汗涔涔的，和浸濕的棉被融在一起。

那個現實裡爸媽沒有因癌症四十幾歲就雙雙過世，並沒有汙染、瘟疫與高溫的問題，全世界四季分明，每個人都看過蓮花。

但每個人都還是有煩惱，無論世界如何變化，煩惱是永遠存在的，無人能倖免。於是她醒來後刷刷牙，整理亂蓬蓬的自然鬈髮，又開始準備開店的一天。

某個早晨對著鏡子的時候，茄紅素發現自己脖子接近耳後的地方有個突起的小腫塊，她不知道那是什麼，只是某一天它就突然存在了。這個腫塊捏起來是實心的且有點硬，但不痛也沒有任何感覺，由於看醫生既昂貴又麻煩，於是她自動視它為無害。過了好幾天，腫塊依然在那。有時她會幻想，也許是隻蝸牛鑽到了她身體裡面居住，因為那個區塊摸起來有硬也有軟，就跟蝸牛一樣。她後來盡量不去碰牠，怕打擾到蝸牛睡覺。但當沒有人的時候，她會跟牠說話，尤其是一些祕密。蝸牛雖不曾回過話，但她已感到安心不少，也許她需要的只是跟人講話。

世界進入無秩序後，還是有許多人過著與以往一樣的生活。茄紅素遇過好幾個這種人，他們大多都看起來氣色不錯，比起一些因深怕汙染而長居在地下、偶爾才上來進行大採買的人（茄紅素曾看過他們幾次，每個都臉色蒼白，跟電線杆一樣灰白纖瘦）。甚至有人說，現在的時代比以前還要好。舊時代是她所觸碰不及的，她不知道那是什麼模樣，包含人人都可以活到八十歲、週末去海灘玩耍。如果現在真的比較好，為什麼她連想穿件聖誕醜毛衣、在寒冷的空氣中開啟暖氣、與家人吃火雞都做不到？但她也不敢反駁客人，只能呆呆笑著。

客人也笑了笑，並說：「你知道這一切總有一天都會變成古物嗎？」然後拎著用鳥羽裝飾的帽子離去，那些黑白相間的長尾鳥羽與豔紅羽毛，茄紅素一樣從未見過。

那是一個跟平時無異，又截然不同的炎熱上午。茄紅素打開了一臺收音機聽著廣播。收音機是種很重要的器具，並且到了現在還有許多民營電臺在運作著。也許沒人想得到，這個從二十世紀就有的發明，在世界毀滅前還沒有被淘汰。就跟她的名字茄紅素一樣，即使世界上沒有了番茄，茄紅色還是存在。她很慶幸自己叫這個名字，永遠不會被消滅或取代。

上個月有個電臺的人來採訪她，說是想介紹這間特別的古物店。茄紅素結結巴巴地介紹完店裡後，他們告訴她節目大約會在一個月後播出，今天就是一個月後了。

「……一顆小行星出現了彗星似的尾巴……」收音機裡傳來的聲音非常遙遠，感覺像穿越了時空一樣，廣播者是個溫柔的男聲，聲音跟海豚先生有點像。「非常難得觀察到這個現象，一個小行星死亡的過程在我們頭頂上發生，它將結束它漫長的一生並在我們上方死去……」

「它將結束它漫長的一生並在我們上方死去。」茄紅素複述道，像是課文一樣，又像是夢話。在它幾百萬年的生命裡，死亡的發生僅僅是瞬間，卻又代表終結。終結。茄紅素陷入了發呆似的長考。終結。她問了蝸牛：「那是什麼感覺？」

一聲響亮的槍響撞破茄紅素的思考，被嚇到震了一下的她趕緊轉過頭往聲源望去，兩個男人站在市場外的馬路旁，其中一人舉著槍，正在對另一人大聲咆哮著什麼，但茄紅素聽不清楚。

有手槍不是什麼驚人的事，也曾有人到茄紅素的攤位上兜售過，說在這時代女性擁有一把槍比較安全。茄紅素雖然認同，但她因為太貴就沒有買，現在看來是錯誤的決定。

即使她看過槍，卻沒遇過槍枝在自己附近發射。茄紅素嚇呆了，但她還是止不住好奇地從牆壁探出頭看。在她居住的這一區，衝突的場面已經很久沒上演了。雖然她看上去算是冷靜，但體內的血液正激烈地探戈式滑行，而腦袋白花花的像華爾滋旋轉的裙襬。

那兩人遙遙對立像電影場景，舉槍那人還握著槍，另一人舉起雙手全身靜止，茄紅素覺得他就像火山熔岩衝下來時來不及反應就被驚恐封住的人。突然，沒拿槍的人衝向另一人，兩人扭打成一團，茄紅素眼睛睜得大大的，兩個男人的身體激烈纏動，後來漸漸趨緩，不知道是不是茄紅素的錯覺，她覺得那兩人感覺就像正緊緊擁抱著，像永恆的一個畫面。

碰的一聲，那男人又開槍了。茄紅素被槍聲震懾住，過了好幾秒，她才發現那聲槍響打在她的攤位對面，距離她兩公尺外的水泥柱上，子彈陷入柱子，像一顆長不出來的種子。而很快，茄紅素就感受到了目光的灌溉，她看向馬路，開槍的男人正看著她。

「快跑。」第一次，耳朵後的蝸牛跟她說話了。

回過神來時，茄紅素已經在前往海邊的路上了。這不是夢。也許是，但路面上顛顛簸簸的搖晃感是真真切切的，揚起的小石子攜帶的紅色也是那麼飽滿。

被那男人發現後，她立刻從店鋪後往家裡奔去。她奔跑著，每次呼吸都灌滿肺部，臉頰從來沒有這麼紅熱過。

茄紅素直奔車庫間倉庫，用鬥牛士的勁勢掀開了倉庫中間掩蓋的一塊大防塵布，布下面是她爸媽生前的愛車，那是臺沉紅色的老轎車，鑰匙一直插在車上，像是一直在前庭等待孫子的老人。她突然很感謝爸媽無視年齡限制教她如何駕車。

茄紅素坐進駕駛座，輕撫耳後，問：「你覺得呢？我可以嗎？」

「也只能上了。」蝸牛說。

茄紅素一邊催動油門，蝸牛一邊提醒她開車的步驟。機械的運動聲轟隆作響，進入她的腦門，讓她感到一陣衝擊。她後來回想，意識到這是興奮的感覺，是她好幾年沒有的感覺。

她開啟車庫門，在漸漸顯露的視野中，外頭的馬路因豔陽冉冉騰著熱氣，路上沒有任何人，只有黑色的路面、白色的房子與更加熾白的光。茄紅素轉動方向盤，將一團顯眼的紅駛上了馬路，油門從輕踩到穩固的踏著，熟悉的街道在她兩側一閃而逝。她開著車，感到不可思議，覺得自己就像騎在有紅色華麗掛毯的大象上一樣，她猜想現實中大象的叫聲一定跟引擎聲一樣大聲。

「簡直就像印度公主微服出巡。」風從車窗灌入並拂過她時，茄紅素忍不住脫口而出。

「然後帶著獵人展開一場憂傷壯麗之旅。」蝸牛說。

只要去了海邊，她就能見到海豚先生跟那顆即將死亡的小行星。茄紅素這樣覺得，沒有任何的根據。

車裡還有一些她爸媽以前放的地圖跟日用品，她在跳上那臺車前只在倉庫搬了水族箱、離她最近的幾支舊手機、收音機跟省著吃大概能吃一星期的食物與水。手機跟收音機都有實用性，至於為什麼要搬水族箱，可能是因為她覺得它受傷了，留下它實在很可憐，而且她實在捨不得那些她辛苦摺的紙蓮花，她還沒給海豚先生看過。

汽油現在不是那麼容易拿到了，但她現在無法在意。沉紅色的車殼在陽光下美的像一杯夏天的紅酒。水族箱被用安全帶綁在後座，每有顛伏就扣扣鏘鏘的，幸好它早就破了，茄紅素心想。

「嗯，反正我本來就打算去看那顆將死的小行星。」茄紅素這樣說服自己。去海邊才見得到它，因為海就是世界的盡頭，一切的盡頭，與一切的開始。

車開得越久，茄紅素一行人看到的景色就越不同。大概是因為他們選了偏僻的路徑，先在她家附近的住宅區繞了一段路，才接上通往主要幹道的路。從大條的主要道路開始，沿路上的住家越來越少，就算有，也是看不出荒廢與否的房屋，以及埋頭做著自己的事、像失散螞蟻一樣的人。

車內相當悶熱，窗外的烈光不斷讓茄紅素流下汗水。茄紅素已經許久沒有離開家了。她對外出的印象，是爸媽過世前開著這臺紅色轎車與她一起出遊。那時她坐在後座，比起風景，她印象更深的是爸媽一路上都用車上的卡帶播放機邊聽歌邊唱著（那些卡帶，在爸媽重病的中後期，全數賣給了一個富人）。副駕駛座上的母親時不時就會轉頭過來看她，似乎是想確認她是否感到有趣。她還記得母親有一頭跟她一樣茂密又蓬鬆的頭髮，不同的是母親的自然捲度剛好呈現一個完美的弧度，讓她的臉圍繞在一片美麗的波浪中。後來，她與父親的頭髮隨病情日趨嚴重而掉落。海浪消失在她的生活裡。

想著想著，她逐漸適應了車內的高溫。

漫長的車途跟慢跑一樣，不知不覺中會讓人的心思開始神遊，尤其是當開了一段路途，沿途的風景看來都很相似時。這段路上已經看不見任何房子與人類，連早期影劇裡會出現的仙人掌也沒有，這麼炎熱荒蕪的地方，根本什麼也長不出來。車子行經後揚起的褐紅色沙塵與她的思緒一樣不斷飛揚，許多想法在茄紅素腦中浮現出來。也許她當時應該先找尋別人的幫助，不過找誰呢？海豚先生嗎？那她現在前往海邊就是對的啊，即使她從沒去過那裡。事到如今她也不想回頭，總覺得有什麼在她暗紅的車子後緊追不捨。是什麼呢？

「也許是死亡吧。」蝸牛回她。

「你聽得到我在想什麼？」

「當然，我在你體內。」

「是死亡嗎？」

「去追尋死亡，你就不會害怕死亡。」

「你活很久了嗎？」她想，如果蝸牛從她出生就在，那也十六歲了。十六歲的蝸牛也算是長壽了。

「有幾百萬年了。」

「這麼久？」

「你不知道嗎？每個生物都是藉由幾萬年的演化而來，而構成每個生物的細胞與分子都是由幾千萬、幾億年的星球撞擊而來，所以我們起碼都活幾百萬年了，跟天上的星星一樣。」

「是這樣嗎？」茄紅素才十六歲，她不覺得自己那麼老，她每次去菜市場見到的人中，沒人比她年輕。

「是，別覺得現在死太早了。」

是不是為死還不知道，但茄紅素想，她大概是愛著海豚先生。

她也許知道自己是為何如此在意星星，因為海豚先生曾帶來的一本書。上面講了許多天文學知識，那天他跟茄紅素說的時候，發現她對宇宙一竅不通（畢竟她只讀到小學三年級），於是興致勃勃地與她說了一堆。茄紅素已經忘記了那些關於專有名詞的解釋，她只記得，每顆星星都是有意義的存在著。

她想起告訴她每個東西都是化學物質組成的人也是海豚先生。當他跟她說時，他挨在玻璃櫃上離她近近的，有時兩人同時低頭看書時，髮梢甚至摩擦在一起。她也是第一次注意到，海豚先生眼鏡後的睫毛有一截特別長，笑起來讓人覺得很可愛。那時她還小，恨不得自己早出生十年。這樣也許她就能感受過海豚先生所感受過的一切，也許在那個玻璃櫃上他會吻她。所有東西都是化學物質組成的，那吻是由什麼構成的？在她的想像中，吻可能嘗起來鹹鹹的，像海風一樣。

這些難以啟齒的想像絕對不能讓蝸牛知道。她想。可是牠在她體內，如此通紅的想法怎麼能不讓牠知道？即使牠是坐在副駕駛座，也能從那紅色的側臉中看出來。

下午的行進幾乎都在荒漠中進行，天漸漸轉暗時，茄紅素開上一個小山丘，想看看附近的地理。車子有點吃力地上了坡，一片微暗下的紅土像毯子一樣鋪展開，四周幾乎什麼也沒有，也沒有海。

趁著這個勢頭，她決定結束今天的行程，進入休息。她待在車上，鎖好車門，吃著玉米罐頭聽廣播，她的訪問還沒播出，她一整天都在等著。也沒人報導今天那起槍擊。是市場那處太過荒涼，還是人的死去已經不新奇了呢？

吃完罐頭後，她走到車子外面去透氣。晚上的空氣讓人有些刺癢。但只要抬起頭，就能看見群星在閃耀。對於很少晚上出門的她，眼前這幕讓人醉心。

「你也看了幾百萬年的星空嗎？」茄紅素問著耳後的蝸牛，她無法感覺到牠的存在，卻知道牠就在那。

「當然。」蝸牛理所當然地回答。

「幾百萬年的星星是長什麼樣子的？」

「跟現在差不多。差別只在於一開始人們可以在地球上看它們看得很清楚，後來又看不清楚，再後來可以直接從宇宙看得很清楚，然後現在又只能在地球上看得很清楚。」蝸牛說。「你知道嗎？聽說如果沒有工業革命的發生，人類起碼可以再活兩百年。」

「但這樣的話，收音機、電視機那些也不會誕生了。」茄紅素仰望著星空。

「像在臨死前打電話給自己心愛的人這種事也做不到喔。」

「就算是這樣，你現在也做不到啊。」

茄紅素有點被這句話激怒，她逕直向山坡下走去，卻發現這樣也甩不掉蝸牛，只能一直漫無目的地走著。

「如果我大個十歲，我肯定就會有他的電話。」她低著頭走路，突然發現這裡並非完全荒蕪，山坡上長了一些小草花。

「是這樣嗎？」

「或者如果我還能上學。」她思索。「如果我聰明又漂亮，他一定會喜歡上我的。」雖然現在是會野外求生、製造乾糧與修繕電器的女性比較容易與人結婚，但她知道，在舊時代同時擁有知性與美麗的女性是最受歡迎的。

「別這麼想。」

「為什麼？」

「不然你會陷入漩渦。」

「什麼漩渦?」她知道那是海裡的東西,似乎有些河也可能出現,但她從未見過。

蝸牛靜默了一陣,說:「以為這些事不是自己能決定的,進到對一切感到不平的漩渦。」

茄紅素這才明白牠所說的漩渦,是好幾年前就悄悄盤踞在她身體裡的東西。

「我很難不這麼覺得吧。因為沒有人想活在這樣的地方。」

「沒有嗎?」

「當然!幾十年前人人都有的東西,網路、學校、工作機會、季節,現在統統都沒有了。我將會什麼也沒體驗到的死去。」想到這裡,茄紅素真的害怕了起來。

「你在害怕什麼?我們所謂的死只不過是肉身的死。也許恐龍在滅絕時也覺得很不甘心啊,但我們都知道,牠們的存在都是有意義的。」

「可是,還是會怕啊。畢竟我現在除了這個人生還有什麼?」她裸露出的肩膀開始感到寒冷,她將雙手手掌交替摩擦著肩頭,說也神奇,這時她突然清楚地感覺到身體的存在,她在世界上唯一存有的身體,正孤零零地佇立在一片荒原中。

「別那麼憤世嫉俗。」蝸牛的聲音很輕。「往好處想,如果你活在其他時代,也是會有煩惱的。」

「是嗎？」

「是。也許你會在充滿競爭的社會裡，被學業壓到喘不過氣，或是在學校被霸凌，生不如死。也許壓力大到罹患精神疾病，出了社會後還要思考自己的出路，擔心自己會不會一輩子毫無成就，沒沒無聞。你在這裡，只要思考著繼續活下去就好了。」

「現在這樣，會比那些都好嗎？」

「我不知道，但也沒人會知道，現在已經是這樣了。」

「現在已經是這樣了。」茄紅素重複道。

「沒錯。」

「你會不會是我想出來的？」茄紅素問。

「當然不是。」蝸牛不假思索地回答。「不然你問我件你不知道的事。」

「茄紅素的化學式是什麼？」

「C40H56。」

「茄紅素的英文？」

「Lycopene。」

「海邊在哪裡？」

「你看過地圖了，一直往西邊走便是。」

「我們要找的都在那裡嗎？」

「就算不是，你還是要去那裡。」

兩人在對談時，坡頂上，車內尚未關掉的廣播繼續放送著節目，但茄紅素沒有聽見。

「接下來是海豚想點播給番茄的歌，海豚想對她說……」那首她最愛的歌開始像濕氣般環繞著。整座山丘都在霧中。

奇怪的是，當晚睡在車裡時，她夢見白天看見的那兩個持槍的人。雖然當時她根本沒看清兩人的臉，但她知道那就是他們。夢裡，不知為何兩個男人手牽著手在跳舞，可能是華爾滋，也可能是倫巴，茄紅素分不出來。她只知道他們笑得非常開心，感情好到像是認識了一輩子那麼長。如果她所經歷的一切都是夢，那這就是夢中夢。那也不錯，她想。即使不是真的，這個夢還是為那聲槍響製造了一個美好結局。

第二天，她在車內睡到陽光炎熱地照上後才起來。她將車窗打開，風灌進車內異常涼爽，如果今天她沒有出發去海邊，肯定也是待在店內，等待日子跟太陽下的奶油一樣消融吧。

這天，她也簡單地吃些小餅乾就上路。廣播一直等不到她的節目，於是她揀選一支舊手機，一路上循環播放裡頭的歌，懷舊日本流行樂但沒有一首比讓她一見鍾情那首令她印象深刻，所以到後來她關掉手機，改用自己的喉嚨播放音樂。

沒有任何變化的平坦行路上，有個她本來以為是石頭的物體，在她即將駛過時移動了。茹紅素嚇了一大跳，急忙煞車。她完全沒料到會在這條路上看到動物。

她趕忙下車，在她眼前的，是一個頂部平坦，但比一般烏龜龐大的龜類。看見牠鰭的形狀，茹紅素才驚覺眼前的是一隻海龜。

這樣連一滴水也沒有的地方，怎麼會有海龜呢？但仔細想想，先前也有人在熱帶雨林裡發現鯨魚，如此，這邊有海龜也是有可能的。

茄紅素蹲下來，小心檢視著海龜。牠全身布滿乾涸，眼瞼有氣無力地張合，茄紅素不確定剛剛有沒有輾到牠。

之後，她決定伸出雙手，把海龜搬到車上。海龜的重量比她想像還重，加上扁圓的身形，讓她的手掌感到吃力。

「你確定要這樣嗎？牠不一定能撐到海邊。」蝸牛說。

「起碼要做過才知道。」

「這不能證明什麼。」

「我說起碼要做過才知道。」

茄紅素把後座的門打開，把海龜放進淹了一層紙蓮花的水族箱裡。現在，水族箱活得更有意義了。

茄紅素扭開了一瓶水，將瓶口對準海龜。「別這麼做。」茄紅素倒了幾滴細水在龜殼及頭、嘴部，然後就繫上安全帶，繼續駕駛。

茄紅素與蝸牛、海龜、紙蓮花、水族箱與老車一起在道路上奔馳，路上一路暢行，其實順利到茄紅素覺得很神奇，彷彿一切照著她想像進行。他們經過一座橋，橋下的河面閃著一些她不知道是什麼的物質，在緩慢到幾乎凝結的紫色河水上默默發光。一些圍牆上有塗鴉，有著祈求著世界和平之類的話語，但許多字詞已經被枯萎的藤蔓掩蓋。

有時她會轉過頭看看海龜狀況如何，海龜沉靜地窩在水族箱中，澆上水後牠看來恢復了些精神，眼睛晶亮地睜著。茄紅素有點希望自己撿到的是另一隻會說話的動物，這樣也許她就不會這麼無聊。大概是靠近了海邊，此時的空氣帶著濕溫的氣息，悶熱到讓人希望能下一場雨。

她突然想起，她這輩子只看過一次蝸牛，大概是在十一歲的時候。那天很罕見地下起了大雨，她蹲在家門口，因為母親開始因為身體不舒服而呻吟，她想在外面透透氣。於是，就看見了那隻蝸牛。蝸牛小小的殼跟圖鑑上看見的貝殼很像，誰知道牠們又不住在水裡，背上怎麼會有一個似貝的螺旋呢？她就這樣看著蝸牛在浸濕的紅土上慢慢爬行，看了非常久，直到牠爬上人行道，被一個經過的人踩碎為止。

「蝸牛，告訴我一些我不知道的事。」茄紅素邊抓著方向盤問，但蝸牛沒有回答。

她一個轉頭將視線回到車前，看見一個物體在不遠前移動。是人。是在濱海的路段唯一見到的人類。

茄紅素驚訝地趕緊放慢速度，緩緩朝那人開去。那個人穿著寬大的風衣外套，像個旅人似的。她慢慢放慢速度行駛，確定了那人是個枯瘦的老者後，她才緩緩靠近。

「請問！」她搖下一縫車窗問。

那人轉頭過來，感覺嚇了一跳。他看起來已老得不能再老，被頭巾圍起的臉龐看不出是男是女。

「請問海邊是往前面走嗎？」

那人遲緩地點點頭，好像很久沒跟人說話了。

「那裡有住人嗎？」

「那裡……」那個人慢慢地說，聲音很沙啞。「有所有東西。」

感覺到這趟旅程似乎快迎向終點後，茄紅素突然覺得莫名感傷。

到海邊後，她要先把海龜送回海裡，然後去找海豚先生，或許他會帶她在海周圍繞繞，兩人可以一起吃飯一起聽廣播。可是之後呢？

她又想到一個寓言故事，裡面的主角就是一隻烏龜跟一隻兔子在比賽跑，大家只在意故事中人性的老實與否，但後來的事呢？他們都有到達想去的地方嗎？那條賽道應該非常長吧。茄紅素又覺得自己可能在做夢了，淺藍的天與赭紅的地，以及路邊零星而黃綠的雜草，在高溫中扭曲而像漩渦一樣緩緩旋轉著。

這時陽光的熱度逐漸趨緩了，茄紅素知道快日落了，平常這個時間她就會準備收店。開了許久的車，一條閃亮的直線終於出現在視線裡，再往前開一點，她看見了一些建築物，當海平線清楚地在眼前鋪開時，茄紅素忍不住停下車，坐在車上凝視了許久，她覺得視野開闊了起來，好像今天第一天張開眼睛。

她緩緩地開車穿過房子們，想看看路上的人，直至她發現所有房屋的門跟窗戶都不見了。所有的屋子都是空屋。有些在牆壁上寫下了搬家的新住址，有些則無。有個房子畫滿了海洋生物的塗鴉，湛藍色外牆上，栩栩如生的畫作布滿斑駁，茄紅素停下車來，看了那棟屋子好幾秒，確認畫上的每隻生物眼睛都已失去了光彩，才慢慢駛離。

看見越多的空房子，茄紅素內心也跟著空曠起來，聽不見廣播或其他歌曲。但她決定等等再來仔細搜這些房子，先等一下下，她要先去海邊，看人生第一次的海。

越過房子，抵達路的終點後，海水與沙灘廣闊地出現在面前。茄紅素直接開上沙灘，把車停好，走到車子旁把水族箱搬出來，海龜、紙蓮花都在裡面，這就是她目前的所有。她用踢的把拖鞋脫掉，大步的踩上沙灘。才走了幾步，她就注意到地上的一個物體。

「蝸牛，原來你在這裡啊。」茄紅素面無表情地低著頭，看著已曝曬乾燥、布滿紋路的螺旋殼。她蹲下身撿起來，發現重量很輕，翻面一看，原來她撿起的是一個內部已經沒有東西的殼，只剩下一個漩渦。

但她彷彿沒發現一樣地把它放進口袋，然後繼續抱起水族箱走向海邊。

鮮紅的海在她眼前起起伏伏，豔紅的光反射在臉上，她每走一步就感到心情越不可思議，就感覺自己彷彿離神越近。茄紅素走到一個恰好海浪不會拍上又離海不遠的位置，把水族箱放下，她將海龜捧了出來，輕輕放在沙子上，讓牠知道家到了。

當她正想對海龜說些什麼時，卻發現牠一動也不動。明明剛剛睜得圓大的可愛眼睛，現在緊緊閉著。剛剛緩慢揮動的鰭肢也是靜止的。茄紅素待了一會兒，捧起一些海水澆在海龜身上，但結果還是一樣。

茄紅素默默在海龜身邊坐下，望著海水一波一波地來。這時她又希望海龜能夠說話了，她真希望有人可以跟她說說話，就像蝸牛一樣。她突然怨恨起牠，怪牠為什麼最後什麼也沒說就消失了。茄紅素按了按耳後，那個腫塊還在，甚至有點痛楚。茄紅素嘆了口氣。

「但誰想得到離別的時刻什麼時候會來到？」她自言自語。就跟海豚先生一樣，她也想不起他們之間說過的最後一句話是什麼。這時她才想到，真正的海豚早就已經滅絕了。

「啊——」茄紅素冷不防地朝海喊著，這是她一生中發出最響亮的聲音。海，隨著她的叫喊起伏著，美極了。她坐在沙灘上，覺得裙底濕濕的。也許她那遲來的月經來了，但她不在意。就算滲透出來，濕透的紅色的裙子也看不出來，海水與沙灘會吸收一切。

她仰望天空，現在已經看得到月亮跟一些星星了，連那麼遙遠的宇宙中的星星，一定也是化學物質組成的。想到這裡，她就覺得有點安慰。

她把許多許多的紙蓮花放入海中，讓它們隨浪而去。其實紙蓮花要燃燒才能升天，但茄紅素並不知道。她也不知道，這時，廣播正播放著她的節目。就像頭頂上正在死去的小行星一樣，正燃燒著拖曳著無數的花火。即使地上的人們看不見，那好幾萬年才會結束的旅程，並不代表不存在。

什麼都毫不知情的茄紅素站了起來，慢慢地走在沙灘上，巨大的、鮮紅色的夕陽半落在紅色的海水上。接下來她要做什麼呢？也許等她回家後，日子也許會繼續跟奶油一樣會在太陽下漸漸消融，也許古物店附近的槍擊案被報導，海豚先生聽到後，已經趕往古物店確認她的安危了。等她回家後，會發現海豚先生在來不及關閉的店門前，焦急且一如往常地等待著她。這時她有充分的理由抱住他，而也許他會親吻她。不是有這樣的童話故事嗎，當為了追尋幸福奪門而出時，幸福也許就剛好拜訪家門。

但茄紅素現在還不想回家，此刻她的臉頰與眼眶就跟自己的名字一樣紅潤。蝸牛還來不及告訴她，茄紅素不專屬於番茄，也不只有茄紅素擁有紅色，她的名字存在在生命裡。茄紅素不知道，什麼也不知道，就只是沿著沙灘走著，一邊留下遲早會消失的足跡，一邊想像著海豚先生的吻，會不會就跟紅色的海水一樣，帶著一股困窘但不討人厭的濕黏呢。

每個人都可以加入實驗室

「每個人都可以加入昆蟲實驗室。」

告訴我這句話的人是生態系的學長。即使不是本科系的學生，只要在值班表上寫下名字，每個星期輪流打掃實驗室就好。但我懷疑，學長當初只是為了讓我填補他的排班缺才跟我這樣說的。不過當我開始每個星期有四天出現在那裡時，真的沒有人在意我是什麼人、來自哪裡。

即使如此，學長並不會出現在這個故事裡，之後我也不曾在實驗室見過他了。他只是把我帶進了這個空間。這個故事裡會提到的有對標本很有興趣的學弟、對標本沒有興趣的S，還有實驗室裡養的鱷龜。是的，你可能覺得鱷龜不會說話，但牠也是個很重要的角色。

只要一打開昆蟲實驗室的門，就會看見一個橫立在玄關的大水族箱，巨大到具有屏風的效果，繞過水族箱後就可以看到實驗室的大致空間分配，中央有很多張辦公桌拼湊成的巨大辦公桌，大小可能比六副棺材還大，上頭待過的屍體體積也超過。而大桌旁邊還沿著牆排了半圈用來擺放設備的小桌，有電腦、顯微鏡、養著小魚的小魚缸等等。說這裡是昆蟲實驗室，不如說是個規模較小的生物實驗室，這裡關於昆蟲的設備占了大多數，但也飼養了少許別種生物，例如這隻住在大水族箱的鱷龜。在這個水族箱裡，這隻平時一動也不動的鱷龜就是最高級的獵食者。

每個人一定都在網路上看過那種測驗自己是什麼動物的心理測驗，每次我測結果都不一樣，而且，那些選項裡從來沒有鱷龜。我有想過，如果我不是人類會是什麼動物，但總是想不出來。

但我確信S是蛇。

讓我這麼覺得的不只是他的個性跟高瘦的外表，還有每次他來我家一定都是馬上躺在床上，一副準備冬眠的模樣。

說不定我們真的每次都在夢裡相見。因為我們見面的時候總是晚上，他都在工作或出差完後到我這。每次他來我家，我們總是花很多時間一起躺在床上說話或做其他事，直到快天亮才睡，在沒事的一天直接睡到下午光線轉弱的時候，我們總會一起望著床前那排大書架發呆，上面有《包法利夫人》、《自己的房間》、《初戀異想》等等，都是些很好的書，但我很久沒看了。有次，我在沒有開燈、只有微光滲進來的房間裡為他指認書桌上的各種昆蟲標本。

「那個是大藍摩爾浮蝶……」、「那個是日落蛾……」一整排豔光閃閃的鱗翅目在桌上發亮，沒有一種是臺灣原生的物種。

「喔喔。」他只瞥一眼，就把眼睛挪回手機上。

「你不喜歡標本嗎？」我問。每次有人看見我手機裡的標本照片總是讚嘆。

「還好，興趣不大。」S說話很直接，這時他把注意力都放在手機遊戲上，我就知道不用再跟他多說標本的事了。我望著那排美麗的標本，像裝扮好後沒人注意的新娘，跟只穿睡衣的我沒有什麼不同。

我翻了個身，與S對上眼。本來在玩遊戲的他轉過來看著我，眼神很像在森林裡探險然後發現新奇事物的小孩，好像他現在才看到蝴蝶。他深深地看著我好一會，然後吻了上來。

生物大部分不會說謊。如果會，也是為了生存這麼做。我很懷疑是不是只有人類會為了好玩而撒謊。

我個人把實驗室分為兩個區塊：飼育觀察與標本製作。實驗室裡有個小房間，裡面養了老師及生態系學生要做研究的蟲，所以身為外行的我不會隨便進入，只有在本科的學生開門進去時有稍微看見裡面的模樣：四周純白的牆壁，鐵架造的小城堆滿蟲住的塑膠房屋。

只要待在同一空間，就一定會對其他生物產生觀察，我是這麼覺得的。就像學弟，我一開始並沒有特別注意他，但幾乎每次我去實驗室的時候他都會在，於是不知不覺中他就在我腦中占有了存在。

每次他在的時候都在做標本。我看過他做青帶鳳蝶、小紫斑蝶等等常見的蝴蝶，估計是自己在野外抓來的。我很少自己捉蟲來做標本，因為你必定會感受到生命消逝的一瞬間。

或許有沒有感覺到那一瞬間沒那麼重要，反正標本本來就是保存死亡的一種藝術。只要繼續保有屍體，死亡就會一直跟隨你，或許這也是一種詛咒。

有時我會思考S是不是我的詛咒。他是我朋友的朋友，一開始會認識他是在一次大學的聚會。我第一眼看見這個人時，只覺得他感覺是個壞人。真的，就像人看見蛇就覺得害怕一樣，他本能似的讓我覺得危險，但周遭好像只有我這麼覺得。認識他之後，我暫時放下了對他的第一印象，我們變得越來越要好，然後在不知不覺間成了偶爾會一起睡眠的關係。一直到他畢了業工作，我上了研究所都還是這樣。

有次，S一如往常在夜晚來找我，他的行李中有著一個紙袋，我以為是衣物之類的就沒多注意。他在那天晚上睡得特別沉。隔天他要離開的時候把那留在地板上，說是給我的禮物，要我在他去搭車後再打開來看。

我之前從沒收過他的禮物，頂多只從他手中接過店家贈送的小糖果，我們也不是會在特別節日送禮的那種關係。送他去車站後，我回到房間，在儀式般肅穆的氛圍中，跪坐在地上打開紙袋——一個男性球鞋的鞋盒，裡面裝著一隻皇蛾。這是我收過最狂的禮物。

「我某天晚上散步撿到的。」我用手機傳訊息時他說。但皇蛾很少出現在住宅區。

「你殺死了牠嗎？」我問。

「沒有，我養了牠一陣子，最後牠死掉了。」他用文字告訴我，感覺不出他的情緒。仔細一看，蛾翅的邊緣確實有些鋸齒般的裂痕，可能真的處於一種不熟悉的環境中一陣子，才讓翅膀破損，不是馬上被殺死的。

我停止了跟S的對話，想像著他飼養一隻大蛾的畫面，那感覺有點不真實，像搞笑漫畫會出現的一幕。S知道蛾沒辦法吃東西嗎？他會蹩腳地拿著吸管餵牠喝糖漿嗎？會跪在房間地板上看牠振翅嗎？

皇蛾死去的時候他有哭泣嗎？依照我對S的了解，對他沒吸引力的東西是會被他立刻拋棄的，可是S明明就是對昆蟲與標本一點也沒興趣的。

實驗室裡沒有蛇，但有蛇蛻下來的皮。像要釀成什麼一樣，捲成彩帶般的一圈放在某個櫃子的玻璃甕中。我第一次看到蛇蛻下的皮是在小時候，與家人爬山時一個落單的瞬間，我突然看見腳下有一條長而瑩透的物體在草地上，我不知道那是什麼，驚嚇的立刻掉頭跑走。

那天那個在實驗室的夜晚，唯一特別的地方就是再過幾天就要交昆蟲學的標本作業，如果算上烘乾標本的時間，最晚在那晚就該把標本做出來，那是我後來聽學弟說的。

我不是昆蟲學的修課學生，但我本來就喜歡在深夜去實驗室，因為那樣比較不會遇到人。那天我帶著皇蛾想一個人慢慢做標本，一進到實驗室，我就越過水族箱看到低著頭的學弟。

學弟坐在大桌前，發現有人進來，馬上抬起頭，跟我對上了眼。他好像在做什麼偷偷摸摸的事一樣，嘴角像快死掉的昆蟲翅膀虛弱顫抖，微妙地笑了笑。我也對他點點頭，找了一個離他稍遠的地方坐下。

稍微一瞥，就可以感覺到他正在趕工。旁邊放了一些已展好翅的昆蟲，還有一些用三角袋裝著，尚未展好翅。不知道是不是因為我進來了，他感覺很緊張，使用鑷子的時候手一直輕輕抖動。

平常我不會特意一直盯著他看，但可能是因為這個空間現在只有我們兩人的關係，所以我在準備用具的時候還是忍不住看看他在做什麼。有點奇怪的是，今天散落在他身邊的全不是之前看見的那些常見蝴蝶，他所做的全都是外國昆蟲，有些我甚至沒看過。而我今天將S贈與的皇蛾帶來了。我們立場互換。

我把鞋盒置於桌上，小心翼翼地拿出皇蛾。突然感覺到一股視線，我抬頭一看，發現學弟正在注視著我，我有點嚇到。我沒想到他也會有觀察我的時候。

「那是皇蛾嗎？」他輕輕地開了口。

「對啊，是別人給我的。」

他伸長身體想看得更清楚，所以我站著將皇蛾捧起舉到他眼前，他感覺專注到屏住了呼吸，像一場寶藏的贈與儀式般慎重地注視著牠。

「牠好美。」

「本來應該可以更美的，牠翅膀邊緣有點受損了。」

「不會，這樣牠還是很漂亮。」他很認真的說。

「你也在做標本？要交作業的嗎？」

「喔對，昆蟲學要交的，這星期就要交了。」他眼神很疲憊的說，並說明著昆蟲學的作業規定：交二十個標本，其中要包含六種不同目的昆蟲種類。他沒有時間去抓這麼多隻蟲，所以直接上網買。即使如此，他還是保持他對鱗翅目的鍾愛，要當作業的二十個標本，有十二個他就做蝴蝶的。

「要我幫忙嗎?」我問。

「不用、不用沒關係,謝謝你。」大概是因為從沒說過話,對於突然說要幫忙的我他感到很慌張。

「不會。」

為什麼會對一個第一次說話的人說要幫忙,其實真的只是單純覺得如果有我一起做一定很快就能完成,而他也能早點回家,把半夜的實驗室留給我。但想想我這樣確實有點奇怪,因此我們之間突然瀰漫著些微尷尬的感覺。他也停下手邊的事,實驗室感覺被施了種時間延滯的魔法。

這時我想起一個工作。我轉頭看了看放在旁邊辦公桌上的小魚缸,確定這個工作今天還沒人做。

「你餵過鱷龜嗎?」我問,學弟搖了搖頭。我走到一旁,拿起旁邊的小魚網,從小水族箱撈起一隻小魚,把牠撲通一聲放進門口的大水族箱。很多人以為小水族箱裡的小魚是觀賞用的,但牠們其實是鱷龜的飼料。

「知道嗎,鱷龜會騙人。」我瞄了學弟一眼,示意他可以靠過來。「牠們捕食的時候會伸出長得像蚯蚓的舌頭,誘惑小魚靠近,然後把魚吃掉。」

學弟湊近水族箱，跟我一起看著張開嘴的鱷龜像石頭一樣靜止，只有粉色的條狀舌頭在水中蠕動。橘色的小魚游近，再游近，接著只消一瞬間，鱷龜已經將牠咬住，紅色的蒲公英在水族箱中飛散開，一場漸進的餵食秀。

「哇……」對於第一次看的學弟，這很震撼。「請問，你是研究所的學妹嗎？」

「不是，我是人文學院的碩士生，其實嚴格來說我不屬於這裡。」

「我也是。」學弟伸出了手。「我是藝術學院的。」

我們握了手。那是我們首次有了肢體接觸。應該說，我好久沒有觸摸除了S以外的人的身體了，感覺有點怪，像碰觸到一種新生物。

深夜，兩個非生物相關科系的人在實驗室裡埋頭做標本。可是我保證在這間實驗室裡，做鱗翅目標本最熟練的就是我們兩個了。我們連在幫鳳蝶展翅的時候，手指上的鱗粉都沒沾黏到多少，對蝴蝶憐愛到難捨牠們再有損傷。

大概是實驗室長夜的靜謐會讓人太疲倦，於是學弟跟我開始聊了起來。他是那種一旦開啟了說話的開關，就會滔滔不絕地說出自己事情的人，與剛開始畏畏縮縮的樣子截然不同，雖然這樣的反差有時會讓別人有點生怯，但學弟跟我的對話頻率卻意外地搭上了線，跟介紹我進實驗室的學長感覺有點像。

學弟說著他在大學部學美術，主攻油畫。從這時候我才知道他比我小，該叫他學弟。並且不只是我，學弟也一直在觀察著實驗室中的各種事情，例如偷聽生態系學生在說什麼八卦、趁沒人的時候看一下每個抽屜裡有什麼東西、把實驗室的書帶回家看等等。

「學姊你知道嗎？那條蛇皮，聽說就是在這裡發現的。」學弟指了指那捲被醸起來的寬粗蛇皮。「聽說生態系的老師很久以前在這裡養了一條大蛇，有天他一進來就剛好看到蛇在蛻皮，結果不久以後，老師出車禍，他媽媽還生重病，總之出了很多事情，他覺得有點邪門就把蛇給送走了。」

「為什麼？」

「不是有種傳說是看到蛇蛻皮會有厄運發生嗎？但好像也有另一個傳說，說如果是撿到蛇皮就會幸運。」

「只是差那麼一瞬間就差這麼多啊。」我說著，想到S裹著棉被在我床上睡覺的模樣，天冷的時候，我總是比他早起。接著，想起小時候看見那層蛇蛻。

「對啊，有時候真的只是瞬間的問題，一個動作不一樣就什麼都變了。」學弟緩緩說著，語氣跟蛇皮一樣蜷長，感覺也充滿通透的皺褶。

「那麼這隻鱷龜是怎麼來的？」我換了一個話題。

「我也不知道，只知道是在蛇送走之後老師不知從哪弄來的。反正烏龜很有福氣嘛，不會出什麼差錯了吧？」

「是這樣嗎？」我斜眼看了看那隻可以把人手指咬碎的鱷龜。鱷龜剛吃完東西，依然一動也不動地趴在那裡。我轉回視線，看著同樣攤平的皇蛾，我用食指跟中指伸入皇蛾閉合翅膀中的縫隙。輕薄的翅緣刮著我的手指，不是很情願被撥開，被手指微微撐開的翅膀間形成一個害羞的山洞。

S的手指在我的縫洞進出時，總是會問我問題。

「喜歡嗎？」或者是：「比所有事情都喜歡？」那些聲音都像樹液一樣黏稠，每次我總是答不出來。事後他有時會抱怨，說做標本和跟他做愛我竟然選擇不了。

有次結束後我們並肩平躺在床上，他聞聞他的手指，說：「你的汁液有糖果的味道。」他不是讀文學的，但有時我很喜歡他的用詞。

「什麼汁液，我是植物或蝸牛嗎？」
「都是生物，沒有關係吧。」他一副不在乎的模樣。
「是什麼糖的味道？」
「你聞聞看。」S說完後，直接把手湊到我的鼻端前，我只聞到了菸味，抽菸的人指頭上都會有的氣味，其他什麼也沒有。我從不知道他說的是什麼糖的味道。

後來我覺得，做標本跟做愛像極了。記得第一次做標本時，我的指尖顫抖不已，我害怕碰觸另一個軀體，儘管牠已經逝去了。
「你為什麼會想要做標本呢？」以前S在那個未開燈的房間裡問過我。現在我在燈火通明的實驗室開口問著學弟。
學弟一臉有什麼話說不出口的樣子，手中的展翅夾些微反覆好像想放下又想舉起的動作。
「本來只是看到了社群網站上的照片，覺得蝴蝶很美。後來，有個我很崇拜的人知道我想學做標本，就教了我。他收藏了很多標本，真的很多，放滿整個房間那種，我覺得我可能是在模仿他吧。」

「這樣啊。」

「學姊你呢？」

「嗯，也算是剛好有認識到生態系的人，因緣際會被介紹來這裡。說實話，一開始我會想做標本，只是因為覺得很漂亮而已。」皇蛾前翅末端的蛇眼紋感覺正盯著我看，所以我也無法說謊。「只是因為漂亮所以喜歡，然後想把牠永遠留在身邊。」

「只是因為漂亮就殺生，你一定有被罵過有道德瑕疵吧？」

「有啊。『為什麼這麼殘忍呢？』、『為什麼你不在野外默默欣賞牠們就好？』拜託，我希望他們穿越回古代問第一個做標本的人，他一定也是因為一樣的原因。」我低頭碎念。

「哈哈哈，我也這麼覺得，所有東西的發明都是來自人類的慾望啦。」

「做標本的正當性早就是被吵爛的問題了。說用來生態觀察不能接受，那說想把短暫的美麗保存起來，難道很難懂嗎？如果殺害昆蟲犯法，那我絕對不會做，但現在有嗎？更何況他們完全不理解這些事，就急著反對。」

學弟笑了幾聲，然後從笑聲中擠出兩個小小的字。「謝謝。」

「為什麼要謝我？」

「因為你是第一個認同而且附和我的人。」

「是嗎？那如果我反對你的話，你會朝我丟石頭嗎？」說出口時，我感到有點後悔。大概就是因為這種不經大腦的言詞讓我的朋友很少。

「所以才感謝你不反對我啊，應該說，謝謝你跟我站在同樣會被丟石頭的地方。」他說，並眨了下眼。這次換我笑了。

「我覺得讀文學跟其他科系不同的地方在於，很多的知識具有一定的真理與定義，可是文學沒有。我們所學習的，就是去了解人性，那些貪婪與醜陋的一面，是一定存在而且無法忽視的。」

「這件事，藝術也是一樣喔，文史哲藝本一家嘛。」

「是嘛。那你在創作的時候也會試圖去理解這些感情嗎？」

「當然會啊。」他說，正好把一根蟲針刺入一隻印尼紫鳳蝶胸部，動作殘酷而柔順。「尤其是離經叛道的感情追求上。」

我抬起眼，凝視著他。

學弟接著說：「生態或生物學系的人經常需要接觸到生命，所以會有研究倫理的觀念，就算沒有培養，也會漸漸在做標本、生物實驗等等這些經驗中得到什麼。但對我們這些沒有辦法觸碰到一般生命經驗以外的人呢？除了理論，我們還能做什麼？於是，做標本是我的選擇之一。」學弟看著我，彷彿我一直在逃避的教授一樣，眼光犀利。「你呢？你覺得在做這些標本的時候，得到了什麼？」

「我想我的理由跟你有點像。」我說。

「怎麼說？」

「我遇到了瓶頸。」

學弟沒有應答，而是挑著眉看著我，像是個面試官正在等待回答一樣。

我嘆口氣，繼續說：「我們的研究所需要創作，在那裡，我發現我真的非常平凡。我家家境小康，算是沒有為錢煩惱過。朋友有點少，但也沒被霸凌。交過的男朋友，零。這樣的生活聽起來還不錯，卻反而讓我很焦慮。我覺得我身上沒有任何值得分享的經驗或故事，就算有，我也想不到。但還是很想表達什麼，想證明自己有所思想或存在，但就像被關在甕裡面一樣翻不出來，所以……」我想到第一次與S見面，在大學聚會的教室裡，有人用玻璃紙做了低成本的霓虹燈，紅色與藍色的光同時在昏暗中照上他的臉。「我來做標本。」

「我能明白。」學弟點點頭。

「我其實已經沒有接觸文字一段時間了，跑到這間實驗室做標本，有點像我在逃避本來該做的事情吧。」我說。皇蛾翅膀上的鱗粉在燈泡下很美。據說這是棕色與紫色混合出的顏色，但這兩個顏色是這麼衝突。「本來我是這樣覺得，但做著做著，卻發現標本跟文學很像，又或許，什麼都跟標本很像。你以為已經死了的，其實在用一種方式活著，而這個方式掌握在你的手上。」我看著自己的雙手，這雙用展翅夾拉開許多蝴蝶翅膀的手，撫摸過S全身肌膚的手，在鍵盤上敲打幾下後就無法繼續的手。「但我想，做完這個皇蛾後，我就會漸漸停止做標本了。」

「為什麼？」

「我容易在某個事物上陷得太深。」

「那不是很好嗎？」

「有時候不太好。而且當你開始感覺到不好時，通常已經來不及了。」

學弟沉默。我想了想，告訴他：「我想，能拯救自己的只有界線吧。」

我看著他，我們坐在不同張實驗桌前相望著，桌子併合的接線像冰原的裂縫把我們畫開，類似他所說的，各種離經叛道的感情。

S從不在平常跟我聯絡。

這是他用來表達他跟我關係的方法，他所擁有的最明顯的紋路。只有一次，我曾在凌晨接到他的電話，他那時喝醉了。

「我覺得現在我附近全都是地雷啊——」他在電話那頭亂喊著，幾乎已經進入瘋癲狀態。根據他所說的，他人在不知名的公園長椅上，背景確實也一直傳來野外的蟲鳴。

「你以為你在當兵嗎？沒有地雷啦，你要怎麼回去？要不要幫你叫計程車？」我被他的電話吵醒，坐在床上擔心地說。

「我沒事啦。欸！你看，地上那個好像不是地雷，是不是烏龜啊？大烏龜？」

「我根本看不到啊。」我無奈地說。

「有啊，是隻假裝地雷的烏龜！來，我開視訊給你看。」

他說，隨後，電話掛掉，他真的打了視訊過來，手機出現的畫面一片漆黑，只有遠處幾個白色的小光點，代表人類居住的跡象。

「我什麼都看不到啊。」我無奈地笑。「跟我的未來一樣。」

「這樣啊，跟我們的未來一樣。」他說。突然，黑暗吸收了所有聲音。全然的寂靜包圍我們。

「別動，地雷要爆炸了。」S用聽來感覺清醒不已的聲音說。

「那學姊你覺得昆蟲會做夢嗎？」學弟繼續找了些話題問我。他的思想非常跳躍，做人格測驗時一定是隻兔子。

「這個問題被討論爛了，就跟除了人類以外的動物會不會做夢一樣啊。」我看看他。「那你覺得會嗎？」

「我覺得會啊。我們家養的狗狗有時候睡著了腳會在空中揮來揮去，我覺得那就是在做夢。」學弟邊說邊模仿，看起來像空中攀岩。

「你家有養狗啊？」

「有啊，一隻柴犬。」像是意識到自己看起來有點蠢，學弟停下動作，笑得很靦腆。「那學姊你家有寵物嗎？」

「以前也養過狗狗。一隻馬爾濟斯，叫蒂蒂。」

「喔喔。」有些人聽見「以前」這兩個字就不會再繼續問下去了。「那學姊，你進去過那個小房間嗎？」大概是為了化解尷尬，學弟又換了個話題。

「沒有，那裡不是在養蟲的飼育室嗎？」

「對啊。聽說，老師以前養的蛇其實還在實驗室裡。只是養在那個小房間裡面的角落，平常就讓學生去照顧牠。」學弟用下巴指了指一旁的飼育室。

「真的假的？」我想著，但蛇本來就不需經常餵食，因為習性所以養在相對狹小的空間也是有可能。「如果看到牠會不幸嗎？」

「不知道欸，如果不幸的話再來跟鱷龜許願就好了。」

「什麼跟鱷龜許願？」

學弟像是又被開啟了另一個按鈕，吞了口口水後慎重地盯著我看，跟剛剛嘻笑的樣子有點不同。

「學姊，你知道為什麼今天我會挑晚上來實驗室嗎？」

「因為人很少而且你做不完標本？」

「這是原因之一。那你知道為什麼生態系的學生晚上都不留實驗室嗎？」

「為什麼？」

「因為有一個都市傳說。」學弟凝視著我，感覺很認真。

「學科學的人會相信這些東西嗎？」我很懷疑。

「我覺得就是因為學科學才會更相信這個，不然電腦上幹嘛放綠色乖乖？」他說，邊將眼神飄移到實驗室門口。「所以，你要聽那個故事嗎？」

「說吧。」我沒在怕的。

「這是生態系的人親口跟我說的。聽說，教授本來就常常要他們晚上別來實驗室。有次，好像也是為了趕工吧，告訴我的那個生態系學生他一個人來實驗室做標本。做到一半的時候，聽到有人在跟他說話，轉頭一看，是那個水族箱裡的鱷龜，用一個低沉的聲音，緩慢地說著話。」他說，然後看我的反應。

「這不是靈異傳說。」我說。「這是生物史上大突破吧，鱷龜會說話欸。」

「不是！牠會說話是因為牠是一隻神奇的鱷龜！」學弟激動地說，說完以後又發現自己剛剛的話有點羞恥，所以聲音變得扭捏又小聲：「我很想聽聽看牠說話。」

我突然想起一開始學弟那像乾萎蛞蝓一樣放不開的樣子，為了幫他舒緩情緒，我決定順著他的話說。「那牠說了什麼？」

「聽說，我聽那個人說的啦，牠會的詞語不多，但你們有緣的話，牠會實現你一個願望。」像是在掩蓋自己的尷尬，他一邊低頭撥弄盒子裡的珠針邊說。「因為牠活很久了，很有靈性，所以可以實現你的任何一個願望，但之後牠就會死，這也是牠的願望，因為牠實在是活太久，不管待在哪都是一個人，太寂寞了，尤其是在這個水族箱裡。」成群的珠針喀啦喀啦地響，感覺好細微脆弱。

「待在水族箱裡的日子啊……」我仰起頭想了一下，如果抬頭就只看得見水族箱上的燈管映在水面上的光波。模模糊糊的。「像夢一樣。」不知為何我脫口說出這句話，學弟抬起頭看我。

「我說，在那個水族箱裡日復一日的生活，感覺很虛幻，對牠來說應該很像夢。」

學弟的眼睛不知為何讓人覺得很閃耀，像兩顆內部碎裂的水晶球。「我也這麼覺得。」

「那那個人，他有跟鱷龜許願嗎？許了什麼願望？」我問。

「他說他沒有許，他想保留著等之後再回來許願。但我想，如果我在他回來前先讓鱷龜開口的話，這個願望就會變成我的。」

「你這麼奸詐啊？竟然想偷走別人的願望。」

「誰叫那個人不回來。」學弟哼了一聲。他這麼說時，我不禁在腦海裡描繪出他所說的那人的輪廓，具有學弟感情的線條。

「但還是有個問題，其實鱷龜牠可以許願讓自己離開這裡啊，起碼臨死前會自由吧。」

「我覺得牠也許也不是討厭這裡。有時候不是會這樣嗎？對一個地方或環境雖然知道不是好的，但因為習慣，或是知道它的優點，有時候也會捨不得離開。」

學弟一邊說，一邊有東西侵入我的思緒裡：一些微弱的滲進房間裡的光，還有一排書架與標本開始在我腦中暈開。「對。」我點點頭。「我知道你的意思了。」

水族箱上的燈管映在水面上的光波，與照進房間天花板的微光，我想是非常相似的。

我這麼意識到的時候，是某天S來過夜後的某天早上。通常我們都會直接睡到下午，但那天早晨他卻被一通電話叫醒，直接起床穿衣服，準備離開。

「你要走了嗎？」我從床上坐起來問。

「對，忘記今天有事了。」他邊穿襪子邊說，完全沒看我一眼。「你繼續睡吧。」說完，他便開門離去。

我躺回床上，全身赤裸，睡意也全然消退。雖然只睡了幾小時，但我的感官卻異常清晰，皮膚敏感到能清楚感覺到棉被的摩擦。望著天花板，我注意到清晨的光斜斜地照入我的房內，我從未在這時間起床，第一次看到這個景象，就像有人放了一個金黃色的泳池在上面，而我沉在水底。那天，我無法再次入睡，就這麼躺到那片光海退潮為止。

之後，他送了我那隻皇蛾。我不知道，他是否要以那雙蝶翅上的蛇眼代替他從未注視在我身上的雙眼，我只知道那終究不是真正的眼睛，我也再也看不見牠飛舞的模樣。

接著我們繼續一邊聊一邊做標本。學弟想到什麼就說什麼，而他說什麼我就回答什麼。多虧如此，我們的進度非常慢，但學弟感覺一點也不在意。大概是因為感覺到夜晚好像即將結束，以及聊天建立起的信任，最後，學弟終於答應讓已經將皇蛾展好翅後的我坐到他旁邊，幫他一起做剩餘的標本。

「你有沒有想過，鱷龜就算答應你的願望，搞不好也是在說謊啊？牠可是個會欺騙小魚的生物。」我跟學弟並肩坐著，感到眼皮有點疲乏，已經有點不清楚自己在說什麼了。

「就算是那樣我也心甘情願啊，起碼牠願意為我說謊，多少人可以聽到鱷龜講話？」學弟的聲音聽來也很虛弱，感覺像是喝醉一般茫茫地。

「我比較想看到那隻在飼育室裡面的蛇。」我說。

「為什麼？」

「不知道，我覺得如果我見到了牠，我就會愛上牠。」

「不小心看到牠蛻皮的話，你會不幸喔。」

「沒關係，我已經不害怕蛇皮了，也不害怕不幸。」

「你真是個離經叛道的人。」學弟笑說。

「你也是啊。」我笑說。

「我覺得，你有時可能會想得太多，要對自己有信心一點。」

「怎麼說？」

「你總會有一天會有很多故事可以說的。總會有的。」

我想了一下，說：「謝謝。」

「我覺得，今天能跟你講這些真是太好了。」學弟突然輕柔地說。他的側臉也變得溫柔。「如果是這個實驗室的其他人，不一定能理解。」

「你沒有朋友嗎？」我覺得他看起來會是很受歡迎的一個人。

「有時候，跟朋友是不能說這些的。」

「我同意。」

後來，我覺得我們不像是待在實驗室了，像是在我的房間，或學弟的房間，或地雷地帶。無論我們如何說著，都沒人去轉飼育室的手把看看那隻蛇有沒有在裡面，也沒有人試圖跟鱷龜談話。我們都清楚自己的界限在哪裡。

我跟S的關係，大概就和養蟲的小房間與做標本的實驗室之間一樣微妙吧。S他離開了我的房間就不是蛇了。他也許是鱷龜、小魚或別人的狗狗。但他在那裡的時候就是蛇，就是我的。而學弟心裡也有一個住在房間裡，但又離開了的人。

那天我們一直待到了快天亮才離開實驗室。將實驗室鎖上門後，我跟學弟面對面，互相打著呵欠說著再見，接著往不同的路回家去了。騎車回家時，我的臉一邊吹著剛天明清冷的風，一邊想著今夜所有的對話，又一邊覺得腦袋裡像是被清空一樣什麼也沒在想，腦神經如同今天做好的皇蛾標本，紋路對稱柔美鋪著，安安靜靜地展著翅。

之後，學校迎來繳交各種作業的期末考，接著暑假來臨，不回家放假的我幾乎享有了整整兩個月的個人實驗室。而新學期開始後的好一段時間，我才發現我再也沒看見學弟了。那個夜晚跟他幾乎沒有停下來的談話，就是我們第一次與最後一次相處的瞬間。

一、兩年後，我勉強地從研究所畢業。又過了好幾年後，我搬到了另一個城市，做著與文學及標本都沒有關係的工作。某天，我在路上遇到當初邀我進入實驗室的那位學長。是的，我說謊了，我說那位學長不會出現在這個故事裡。但說實話，這也是另一個故事了。

那是個極冷的冬天。早上到達公司後，才從手機的新聞看見，原來剛剛在搭捷運時有地震發生。在車廂內被擠得無法動彈的我完全沒發現，家裡也沒有需要牽掛的生物，於是地震的新聞僅在我眼中匆匆地存在了一眼。

午休時間出去吃飯時，我整個人縮在外套裡低著頭走路，只想趕快到溫暖的地方。但就在一個抬頭的瞬間看見了他，剛好跟他四目相對。

學長變了很多，連說話聽起來都不太一樣了，整個人感覺非常清朗，但我們還是迅速的認出彼此。

「太久沒看到你了吧！」他拍拍我的肩膀。「過得好嗎？畢業了嗎？」

「已經畢業在工作了。學長你呢？」

「我也不錯啊。」

我們在路邊簡單的寒暄著，聊工作、近況、這座城市跟早上的地震等等。雖然我全部的手指都躲在袖子裡摩擦取暖著，但跟他這樣聊天還是開心的。說著說著，我提到了實驗室，想起了那個學弟。

「學長，我後來有遇到跟我一樣不是生態系但跑去加入實驗室的人。」

「真的嗎？」他這句話雖然是疑問句，但聽起來很低沉。

「是的，他是念美術的。」我抬頭望著他，臉頰很冷。「是學長你推薦他加入的嗎？」

「我不確定，我不記得了。」

我本來想繼續敘述學弟的樣子，再繼續喚起學長的記憶的。但看著他的樣子，直覺告訴我只能作罷。

「學長，你還記得實驗室裡的鱷龜嗎？」我問。

「記得啊，那隻鱷龜是有民眾棄養在人多的公園，老師的朋友怕危險把牠抓起來，之後送到實驗室的。」

「是這樣啊。」我低下頭。「我在實驗室的最後一年，都會在晚上一個人的時候跟鱷龜說話。」

「你是不是壓力太大？」學長大笑著。「那鱷龜有回覆你嗎？」

「有的。牠說牠非常想念你。」

學長看著我，眼睛非常溫柔，就跟我從前認識的他一樣。「謝謝。」他說：「你長大了呢。」

「謝謝學長，你也是。」

我想我獲得了看見蛇蛻皮與撿到蛇皮的那一瞬間。

之後，學長又跟我聊了幾句，就忙著去工作了。我一個人走回公司。但也許是久別重逢的刺激，又或者是在冷空氣中待了太久，突然覺得呼吸吐氣中有股鮮明的刺痛，像退化的口器又甦活過來。

於是那天下班後，在回家前，我決定先在路邊的公園抽一根菸。天非常冷，在這個氣候的這座城市裡，什麼蝴蝶或蛾都很難抓到。等等我就要回到自己的房間去了，那裡非常溫暖，像適合讓蛇脫皮的季節，但已經不再有蛇駐足。

我吐出霧茫茫的煙，看著它們在風中快速消散，但手指卻還有一種奇妙的附著感，跟做標本時的鱗粉沾黏的感覺一樣難以消去。我想著今早地震過後，S送給我的那隻皇蛾標本是否依然還安放在書架上，還是已經掉到地上碎了一地，細玻璃圍繞翅膀上的蛇眼閃閃發光著呢。我試著想像回到房間打開門與地上的蛇眼對視的一瞬間，一定會永生難忘吧。

靜靜的，突然很期待春天的來臨。

鯉魚實驗

有個人在信義區某大樓的陽臺上點起了一根菸，一團小火在手指上燃起。那人想，第一個看見火的人不知道在那刻想了什麼，但他肯定因為火的美麗忍不住伸手觸摸，然後習得燙傷了吧。

打火機的火這麼近，樓下大樓群的燈光這麼遠，因此他喜歡火。他有時覺得自己抽菸是為了能看見手上的這團火苗，那是他所能擁有最小的星星。那個人將菸灰往樓下一抖，通常大家以為菸灰一彈就會消失，其實它們都成了小小的雪，在風中吹送到所有可能的空隙。那個人的雪粒乘著高處的風，在好幾棟大樓間穿梭，進入了附近的住宅區，最後落到了一棟高樓的天臺。

阿珍在天臺上，也點起了一根菸。她最近剛學抽菸，被打火機的火燙傷。她的故鄉在入夜後就看得見許多星星，但她發現臺北市的星星在夜晚都落到了地上，所以她在自己手上製造星辰。

「喂，那麼冷別在外面吹風，你的魚在等你餵飼料。」芳宜在門口喊她，即使夏夜的風一點都不冷。阿珍轉過頭回了一句：「抽完這根就回去。」

當阿珍回到室內後，一池錦鯉在深藍色的磁磚魚池中繞著圈，她一黑一白的鯉魚在迴圈的最後，徑直向她游來，彷彿感知到了燈塔。阿珍伸出雙手輕輕撫摸牠們的鱗片，亮澤的黑與白同時融入她的手中，燙傷的手指瞬間變得舒爽了。

對於她們所在的這個地方，阿珍只知道幾件事：這是一間位在臺北市區一棟高樓頂樓加蓋的房間。她們正在進行一項實驗，內容相當簡單：觀察池裡的錦鯉，等到牠們的鱗片褪色，化成像人體一般的膚色，實驗就成功了，就是那麼單純。每人會配備兩隻鯉魚，只要有一隻變色就算完成。事成之後，她們會得到一筆足以在臺北市買房、度過餘生的錢。當時阿珍在報紙上看到這則徵人啟事，在房子還沒斷電前，她打了電話過去詢問。當時她邊聽著工作說明，邊看著房東從未處理過的壁癌，形狀竟然也神奇地像一條魚，她覺得這一定是某種預兆。而事實是，這間房屋不到一個星期就租約到期。沒有好好思考的時間，阿珍在電話中就答應了。

她們不知道會褪色的鯉魚代表著什麼，也不知道什麼樣的鯉魚會變色，她們能做的只有耐心等待，等待。

這個空間的架構是這樣的：若從上空看，房間會像「回」字中間的空白被安放在頂樓中央，而房內分成兩半，一半是鯉魚池，一半是觀察員的住宿空間，中間僅有一道薄牆的區隔，因此鯉魚的游水聲、粼粼的水波，像打入的氧氣一樣溶在她們的生活裡。

不知為何，這裡沒有向下的樓梯，她們所需的日常用品都經由一個大小無法讓成人進入的升降貨梯上來。阿珍不記得自己是怎麼上來的，彷彿這個房間是個子宮，自己在這個充滿水氣的地方降生。而無論自己是由何而來，如果不找到變色的鯉魚，除非放棄實驗就此離開，不然就只能選擇這裡成為墳墓。

阿珍還記得自己第一天到這裡的時候。她與另一個新來的女孩一起躺在房內的床鋪上，睜開眼時，她感到全身漂浮般鬆軟，但視線格外清晰。身旁的女孩睡到嘴巴都張開了。在看報紙的芳宜發現她醒了，就將手指向鯉魚池，說：「看，以後那就是你的室友了。」

阿珍睡的位置剛好正對連接魚池的門，她稍微撐起頭，在視線中只看得到魚池的邊欄，生物游動的聲音此時異常大聲，好像正從子宮滑出那樣搏動的水響。芳宜邊攪動即溶咖啡邊說：「你可要耐心等待，錦鯉可以活上一百年。」

金屬湯匙碰撞瓷杯小小的清脆聲音，像風鈴開始迴盪。大概是因為身在沒有遮蔽的高樓上，日光從四面八方浸滿房間。在靄靄朦朧之中，不知為何，阿珍一度以為自己也是一隻鯉魚，她生為鯉魚在此誕生。身旁的女孩好像還沒從龍宮回來一樣，依然感知不到世界般睡得香甜，一滴口水以凝滯的時間從嘴角滑落。

後來，阿珍知道跟她一起來的女孩叫覓之，年紀與她相仿，都是二十出頭歲。阿珍知道，會接受這種可疑打工的，多半是已經走投無路的人。芳宜始終沒有談過她的理由，而覓之在第一天晚上就告訴她，她原本在外縣市與毒蟲男友做毒品買賣，後來想脫離不健康的生活與戀情，卻被男友追殺般的糾纏。經過幾番波折，才找到這種包吃包住又沒人找得到她的工作。

「終於可以好好睡一覺。」她說完，幾分鐘後就進入深沉睡眠，規律且響亮的鼾聲，代替了這個都市失去的蟬聲陪伴阿珍的夏夜。

芳宜是她們之中待得最久的一個，目測大概將近五十歲。芳宜在這待的時間不確定有多久，但從她床邊已用至空盡、瓶蓋上積了灰塵的化妝品瓶保存日期，可以知道她從年輕貌美的時候就一直待到有了白髮。在鯉魚變色前，她先褪了色。一開始，她們問起她的名字時，她跟她們說：「叫姊姊就好。」再過了幾個星期，她又說：「可以叫我芳姊。」又過了幾個月，她說：「姊什麼姊，把我給叫老了。叫芳宜就好。」

芳宜雖然性情反覆，但她似乎對人以外的事物都傾注了感情，包含她的鯉魚。她不輕易告訴他人她的名字，卻給自己的鯉魚取了名字，叫做「芳芳」。她在叫她時，都會念成「紡方」。阿珍注意到她只有一隻鯉魚。

「另一隻死了，屍體被芳芳吃掉。」在詢問原因時，芳宜冷冷回道。

阿珍看著她的鯉魚，她沒有給牠們取名字，怕取了就有感情，會捨不得跟牠們分開。然而鯉魚卻時常游近她，像有意志一樣的看著她。她時常覺得，她擁有一黑一白的鯉魚，那她就是灰色的。

說來奇怪，除了必須跟魚生活在一起，且不能離開天臺，公司並沒有給她們任何限制。在房間裡想做什麼都可以，也有網路。阿珍與覓之從網路上看影片學習怎麼飼養錦鯉。而芳宜彷彿已經將鯉魚的生理狀態刻印在身體內一樣，什麼時候需要換水、清洗魚池、餵飼料都已相當熟練。芳宜說，缺少什麼生活用品就用紙條寫著放進貨梯，只要是稱得上合理的東西都會送來，覓之要求的平板電腦與高級保養品甚至都送來了，這裡感覺就像豪華版的監獄。

錦鯉其實沒有想像中那麼難照顧。阿珍對於養魚的記憶，只有國小時在夜市撈到的金魚。阿珍家裡過小，雖然只有她與母親居住，但還是沒有自己的房間。寫作業的書桌放在客廳裡，魚就養在那張辦公桌退役的二手書桌上。那是隻半黑半白的小金魚，甚至不知道品種，但即使如此也可以活下去，只要按時餵飼料、換水、清糞便。小金魚被阿珍取名叫小灰，就算牠身上沒有一點灰色，對這個名字也沒有任何埋怨，在阿珍天真地叫喚牠時，牠只會張著魚類特有的、黑白分明的大眼盯著她。小灰在小魚缸中沒有長大也沒有變小，安安穩穩地在阿珍的書桌上活了好長一段時日。

有天，阿珍回家發現魚缸空了。媽媽一邊做飯一邊說，小灰今天跳樓了。不知道為什麼，牠自己跳出魚缸，媽媽發現小灰時，牠早已在地板上奄奄一息。於是媽媽在阿珍回家前，將乾巴巴的牠送進馬桶的漩渦中，以另一種方式重回奔流。

「真奇怪，魚不想活就從水裡跳出來，人不想活就跳進水裡。」當媽媽這麼說時，正打開滷肉的鍋蓋，一陣香氣隨著蒸氣奔騰而上，在巨大的熱霧裡，母親面無表情的側臉也彷彿在水中。過了好幾年，也就是阿珍的媽媽從家附近的漁港被打撈上岸後，阿珍有時會回想起那一幕。某個睡醒時異常清醒的早晨，她突然發現，也許媽媽當時就已經浸在水中了。

三個女人的衣物、物品散落在房間的各處。來到這裡的一個星期內，阿珍已經將這個狹小房屋所有的細處都印入她的腦海，包含魚池磁磚排列的結構、沒有作用的浴室排氣孔，以及在魚池上方從沒打開過的天窗。連她床上那扇百葉窗葉片上哪處有灰塵她都記得。

池水讓房內一直流動著潮濕感，以及一股難以言喻的氣味。並不是臭味或霉味，只是一種進入鼻子裡就感到濕潤的味道。一直跟媽媽住在海邊的阿珍，也總是在家聞到這個味道，害她現在不知道那是水氣還是女人的氣味。

當阿珍在魚池看得累了，就會到屋外，俯視另外一座魚池。每逢上下班時段，這座城市就人車湧動，高樓與紅綠燈彷彿造景，整個盆地就是巨大的魚缸，現時的彩霞是限時出現的海藻。在這棟高樓下密密麻麻的人，也一樣為了生活在這個魚缸裡游動著，只是自己的魚缸小了一點。阿珍這樣想著，就覺得自己與底下的人並無二致。

芳宜翻開報紙，今天的頭條是臺灣人前往外國打工，反而被監禁虐待的新聞。她將報紙翻面，到外頭去叫阿珍進屋裡，別再吹風了。

鯉魚依花紋種類有著不同的名字——這是阿珍在維基百科上看到的。芳宜那隻可以叫做「大正三色」，覓之的是「昭和三色」與「丹頂」。

阿珍起初有點埋怨自己的鯉魚顏色。全黑的鯉魚很不顯眼，而全白的鯉魚很接近膚色，有時房內暗點，光線讓鱗片有些微反光時，會帶給人鯉魚變色的視覺錯覺，阿珍偶爾會在看到那些魔術時刻瞬間驚訝地跳起，但又在開燈瞬間冷卻黯淡。

就是在某個感覺被耍的午後，阿珍找到了他。

那時她在天臺點菸，她們所在的地區剛好緊鄰商業區，因此中午有很多上班族會到附近吃飯，許多黑色白色的人們會魚貫湧入大樓下的小巷弄中。

那天中午，阿珍發現在她們那棟樓的下方，有一個人正彎腰撿拾著地上散落的紙張。在綠色的人行道上，遠遠地看紙張就像砂糖一樣灑落，那個人蹲在地上埋頭撿著，吃完午飯後的人大量經過，大家不約而同繞開那塊白色區域，像是有迴避性的魚群一樣。

那人終於撿完後，整整紙張，開始往正對阿珍這棟樓的大馬路走離。原本從樓上只看得見他的頭頂，後來他漸漸被拉長，灰色肩膀下是一整套西裝、皮鞋，當他四處張望時可以看見他戴了眼鏡。阿珍看著他從那條筆直的馬路越走越遠，越變越小，最後，走進了一棟商業大樓中，消失在水泥魚缸裡。

自那之後，阿珍經常會在天臺上尋找那個人。就像刮刮樂的中獎率一樣，機率不高，但有時就是會發生。一次，兩次，每當阿珍像在山中找到鹿角般看見他後，總是會回過頭看看自己的鯉魚變色了沒，她深信，看見他的那天就是幸運的一天。

那個人在這個大樓密布的地方毫不起眼。但阿珍總是可以一眼就認出他，彷彿那是她的鯉魚一樣。灰色的他穿梭在人流裡，飛快游行。

後來，阿珍偷偷在貨梯中放了張紙條，希望能送來一個望遠鏡。下次她打開時，真的有支入門用的天文望遠鏡，夾雜在食物、衛生棉、報紙與香菸中。

擠不出時事，而分享小知識的新聞上寫著：目前所知世界上活得最久的鯉魚名叫「花子」，活了兩百二十六年，是一隻鮮紅色的錦鯉。為何牠可以活這麼久，至今人們仍不清楚。只能推測是乾淨的水質與主人的關愛。而與牠在同個池塘裡的朋友們，也都活了一百年以上。各種研究發現，鯉魚在同一個環境待的時間越長，就會逐漸影響彼此。

在那個天臺上，時間像永不融化的奶油一般凝滯，在夏天的高溫中更是沉悶。沒事的時候，覓之通常會在床上滑手機，而芳宜做瑜伽或是看報紙、看書。但不知道是否這也是實驗的一部分，有的時候，她們三人會不約而同地聚在鯉魚池前，恆久地看著鯉魚發呆。

在來這裡之前，阿珍從未仔細看過鯉魚的模樣。在她的記憶中，鯉魚總是以鮮豔的色塊呈現。鯉魚們被她們養得十分巨碩，比成年男人的大腿粗上許多。牠們的魚鬚、裙襬般的魚鰭，以及鑲有彩澤魚鱗的魚體，時常讓阿珍覺得牠們不只是魚類。

阿珍也發現，芳宜雖然在實驗室待了許多年，但她對研究鯉魚的組織與會變色的鯉魚了解並不多，倒是收集了很多待過這裡的人的故事。有時在她們撒飼料時沉默的片刻，她就會有如起靈一般，突如其來地說上一兩句。

「以前，有人因為超喜歡錦鯉所以來這邊工作。」

「你們知道最常來這裡工作的是哪種人嗎？一般的上班族喔。」

「之前有個女生，會偷吃魚飼料。後來有天我們發現她不見了，但水池裡多了條鯉魚。」

「有個以前很有名的女明星，你們可能都沒聽過，過氣了。她也有在這裡待過。」

她們從不知道她說的是真是假，也分不出她所說的人物中有沒有重疊。只是每當芳宜說起故事時，阿珍就會想起有次她在天臺抽菸時，芳宜悄悄地出現在身後，當阿珍回頭看到她緊盯的眼神時嚇了一大跳。

「小心點，以前有人從這裡掉下去過。」芳宜冷冷地說，阿珍靠著高度到她胸口的圍牆點點頭後，芳宜才俐落地轉身離去。

雖然樂於分享故事，但芳宜對自己的事口風非常緊，只要提到自己的事，她就會自然地陷入沉默。於是阿珍只能和覓之聊著已經延伸到無法再延伸的話題。

無聊到最後，甚至在談話中開始玩起「不能說出你我他」的遊戲。為了不說出「你」，阿珍給覓之取了綽號叫「公主」，因為她的鯉魚很有公主的感覺，覓之對這個稱號也很滿意。而覓之在東想西想後給阿珍取的綽號，不知為何是「小灰」。

阿珍逃避給自己的鯉魚取名，但遊戲的規則卻為她衍生出了新的名字。每當覓之在遊戲中小灰小灰的叫，阿珍就覺得自己快要變成一隻魚。於是，她在心裡將那個總是穿灰色西裝的人也叫作小灰，這樣的話，擁有同樣名字的他們就感覺可以一起當人。

「欸，鯉魚真的可以活一百年嗎？」在一次撒飼料的閒聊中，覓之問道。

「是真的。這裡八成有幾隻已經比我們都老了。」芳宜回答。

「魚的一生那麼長，有比人類有意義嗎？」魚沒有說話，尾巴畫出鮮紅的弧線游離。

「活得短跟長，跟有沒有意義沒有關係啊。」芳宜說完，靜靜地看著魚池上的天窗發呆。阿珍知道每當她這樣，之後就不會再說話了。

「為什麼要讓鯉魚褪色成膚色啊？鯉魚的顏色那麼漂亮，幹嘛變得跟人類一樣只有膚色那麼無聊。」覓之說。

「鯉魚本來也不是那麼鮮豔的，是一直配種培養出現在的模樣。」阿珍回答她在網路上看到的知識。

「人類真變態，配種了一堆動物來符合自己想像。」

「搞不好人類其實也是依照著某人想像而誕生的啊。」

「哎呀，別跟我說信仰那套喔。」覓之說。

「醜一囉。」阿珍指著自己。「不過，小灰也沒有特別信仰。」

「我真的沒辦法信神。」覓之看著魚池說，聲音漸漸融入波紋裡，水波在她眼裡閃動，像手機螢幕的光。阿珍想起，她每晚假裝沒看見的那些光：當覓之睡著後，她手機亮起的畫面，及與之浮現的訊息：「寶貝，我真的好想你。」或是「被我找到你就死定了。」大多都是這兩句，或是意思差不多的話，像煙火一樣熄了又亮，亮了又滅的輪流出現。在光滅中照見的覓之睡臉，看來雖然安詳，卻深沉到阿珍無法想像。

阿珍沒有談過戀愛。她剛脫離的童年，在打工與課業中渡過。成年之後，她也在故鄉那個小鎮忙著工作。接著，媽媽就過世了。現實彷彿是層絕緣膠帶，在被錢追趕的時候，她不敢追求其他東西。

她不清楚這種感情是什麼，但她今天依舊在天臺上尋找小灰。新來的望遠鏡非常好用，阿珍甚至捕捉到他在大樓六樓的報社上班，偶爾還可以看見他經過玻璃窗旁的走道，或是在應該是主管的人身旁聆聽教訓的模樣。

然後，他會走到後方的陽臺抽菸。當他抽菸的時候，阿珍也會跟著抽菸，彷彿火焰會將他們相連。如果她是一隻鯉魚，就沒辦法跟他一起抽菸了，她想到這點時，瞬間覺得自己身而為人非常幸運。

但她卻不知道小灰是怎麼想的。阿珍的天臺並不寬廣，但看著他，現在她感覺到自己的身邊竟是這麼寬闊。

今日的報紙寫著：今晚將會有獅子座流星雨極大群，在晚上九點至凌晨兩點是最佳觀看時間，民眾可至沒有光害的地方以肉眼觀賞，請不要放過許願的機會。

有的時候，確認氣象預報凌晨不會下雨，阿珍就會在天臺上鋪睡袋睡覺。並不是她討厭覓之，只是偶爾她熟睡翻身時，手腳經常在擺動中擦碰到她。當她的肌膚碰到自己的肌膚，一股溫熱的黏膩感會沾附在身上，直到入睡前都會隱約感到那麼彈的觸感。她想了很久那是什麼感覺，後來她想到了，就像溫暖的魚體一樣。

有天，她在天臺上鋪了睡袋，本來只是想躺著直到深夜，看看空中會不會出現些微弱的星星，但卻不小心睡著了。當她醒來時，最先感覺到的是空氣中的冷度，再來是有物體在身旁的直覺。

她張開眼一看，果然發現覓之蹲在不遠處盯著她。她有點嚇到，不只是因為突然看見人，還有覓之此時與白天的模樣有著說不出的不同。

「你竟然會在這裡睡覺。」覓之不可置信地說著，語氣與平時相同。

「你竟然會在這個時間醒著。」阿珍揉著眼睛回她。

「我也是會有睡不著的時候啊。」覓之走到天臺邊，阿珍也起身，在她旁邊站著。

「小灰……」

「現在可以叫名字了啦，又沒有在玩遊戲。」

「你怎麼還不會想走啊？待在這裡不是很像坐牢嗎？」

「你也還在啊。」

覓之沉默了一下。阿珍有點後悔。也許她根本沒得選。

「對我來說，這裡比較像勒戒所。」此時，不知道是不是夜晚陰影的關係，覓之的側臉看起來好像在風中磨過一樣，清冷又深刻。

「阿珍，你還沒談過戀愛吧？」在阿珍還想不出要怎麼回答時，覓之接著說：「要小心別對什麼東西太過依賴與崇拜，不然會很辛苦的。雖然我覺得你沒問題啦，你是個好孩子。」

「不一定吧，感覺能在這裡待太久的都不太正常，你看芳宜。」阿珍說，說完還趕緊回頭確認一下身後沒人。覓之哈哈大笑。

「雖然是這樣講。」笑聲落完，覓之說：「但你有發現我們現在的信仰就是那些鯉魚嗎？」

「蛤？」

「我們一直飼養牠們、關心牠們，相信總有一天牠會變色，出現神蹟，給我們巨大的財富。」

「確實是這樣，牠們就像活著的神像一樣。」

但錦鯉們並不是神。在這個故事裡，真正的神是那些將她們送進實驗室，承諾會給她們一筆餘生無虞的錢的人。但阿珍沒有說出來，因為說了，又得思考他們到底是誰，而知道他們是誰，是真的有意義嗎？這個世界到處都是他們看不見的人在俯視彼此。

「但是，撇開別的不說，我還滿喜歡鯉魚的。」覓之說著，笑了。跟平常一樣無邪的笑。「鯉魚真的好漂亮，不覺得只要看著牠們，煩惱就會不見嗎？這才是這個工作最原始的意義吧！不然這樣，等我拿到了實驗成功的那筆錢，我就開個鯉魚養殖園，你跟芳宜都可以來當我的員工，怎麼樣？」覓之痞痞地笑著，用手肘推了推阿珍。

「不錯啊。」阿珍也笑。

後來，她們在天臺上又看了一會的夜景。阿珍告訴她，她覺得臺北的星星都掉到地面上了。覓之跟她說，只要把光源遮住了，其實還是可以看到一些星星，這是她在高中參加的天文社中學到的。阿珍第一次聽說這件事，在那麼多交談中，覓之還是有許多她所不知道的事。

「待在這裡其實很不錯，不是嗎？」覓之一邊用手遮著面前的光，一邊仰望天空說。

「是啊。」

這晚，她們誰也沒看到流星。後來一起回到屋內的床鋪上睡覺。對阿珍來說這有點難為情，因為她通常是在覓之睡著後才上床的，現在這樣兩人並肩清醒地躺著，好像在看彼此最赤裸的模樣。她稍稍往覓之那看去，發現覓之也看望著她。

「晚安。」覓之笑著用氣聲說。阿珍覺得她吐出的氣息就像催眠劑一樣甜蜜又令人安心，很快便睡去了。

那晚，阿珍做了一個夢。夢到覓之穿著綴滿亮片的紅色長禮服，就像八零年代的女星一樣，藍色眼影像夜色那樣厚厚抹在她的眼瞼，整個人豔麗但又不俗氣。她像新娘一樣挽著裙襬走過來，美得不可方物。

一群鯉魚游上來簇擁著她，她像抱馬爾濟斯一樣輕巧地捧起了一隻在懷裡，然後輕輕地吻了鯉魚一下。在吻落下的瞬間，不知為何，阿珍覺得覓之要道別了。覓之從甜蜜的吻中抬頭，眼睛直直望著阿珍，桃紅色的嘴唇笑了。

曾經有這樣的新聞：有位早期的女明星家裡養著一池非常美麗的錦鯉。但後來，她兩歲的小女兒在沒人看見的狀態下失足落入魚池中，不幸喪生。女明星傷心欲絕，據說，在事情發生後那段時間她再也無心於任何事，一池鯉魚也因為沒人照顧統統死去。從此以後，她再也沒上過報紙。

隔天，覓之不見了。阿珍起床時就發現她不在床鋪上了，東西也收得乾乾淨淨，就像她從未來過。

印象中，覓之從未早起。阿珍想起她們第一次見面的時候，她一醒來，覓之就躺在身邊。現在她一醒來，覓之就消失無蹤。

她起身，到了魚池邊，看見鯉魚池裡果然只剩三隻鯉魚。牠們畫的圈變得單調，但水面上多了幾朵漣漪。

那幾天，阿珍無心於觀看鯉魚。她花更多的時間在天臺上。往好處想，也許覓之的鯉魚實驗成功了，她過於開心，所以才會忘了留個紙條就走，很像她會做的事。也許她真的正在籌備一個鯉魚莊園，過幾天，她就會來叫她們去上班，她需要做的就只有耐心等待，等待。

過了一天，兩天。阿珍依然待在天臺上，芳宜依然在房內攪拌著她的咖啡杯。陶瓷敲擊的聲音，透過水氣在悶熱的夏天變得彷彿有回音。鯉魚依然沒有變色。

後來，阿珍的望遠鏡幾乎隨時都放在外面。少了人跟她講話，她多了更多無法打發的時間，只能一直尋找著那個人。

她有時會想像著自己跟他的相遇。也許她們會在報社邂逅，也許她是新進職員，或是想登廣告的人，在進入報社時她可能會不小心撞到他，那個人手上的紙張落地後，她可以幫忙撿起，然後在遞交時碰觸到他的手指，那肯定是跟魚鱗沒辦法比較的觸感。她可以跟他一起抽菸，看看那個人的眼睛在點火時會倒映出什麼樣的光芒，那是透過望遠鏡唯一沒辦法觀測到的事。

那天下午，阿珍很罕見地在午後睡著了。她似乎又做了夢，但在醒來時已經想不起來了，只有情緒像將乾未乾的水痕一樣殘留在心裡。那大概不是個愉快的夢境，但在阿珍恢復意識時，她卻渴望再回到裡面，總覺得還有事沒結束。但有股氣味強制她醒了過來，她還在床上迷濛的時候，尚沒意識到那個刺鼻的味道是什麼，後來發現那是濃煙的氣味。

她起身，發現芳宜不在房內，便下床想尋找燃燒的來源。當她的腳碰到地板時，冰涼的觸感像道小雷一樣打入她的腳尖。阿珍順著煙味往外走，像是一條引信，她的步伐一腳一腳地替她找到火焰的來源。最後，在天臺上，一團火紅出現在眼前。

在面對她們的這條馬路上遠遠的一棟大樓，從六樓開始冒出了火舌，整棟樓燃燒的樣子像是有人在上面畫了一條火焰的直線。那棟樓，那個報社，阿珍看了不知道多少次，即使不用望遠鏡她也知道是那裡。

消防車的聲響從四面八方傳來，好像它們本來就存在於空氣之中一樣包圍著所有事物。阿珍不知道在那裡站了多久，一直到鼻腔裡全是焦灼味，一直到天變得跟燃燒過後一樣黑，而芳宜拍拍她的肩膀要她進房內，她才移動了腳步。這時，她突然想起了下午那個忘記了內容的夢，但一點也不重要了。

消防車的聲音在那晚深夜停止，接下來的幾天，那裡都安靜地像雪夜一樣，但警笛的回聲還留在阿珍的頭腦裡。她望著鯉魚的時候，鯉魚看起來也憂愁。

一天傍晚，芳宜在清洗魚池時，阿珍先到天臺發呆。望遠鏡已經被她收起來了。即使她看了，小灰大概也不在那裡，她也沒有確認的勇氣。

不知道是心理作用，還是起火的是報社的原因，她總覺得空氣中有微小的，如雪般的塵粒飄舞著。她從未看過雪，但她覺得遇到雪災也許就是這樣。

洗完魚池的芳宜走了出來，來到阿珍旁邊，一言不發地與她一起靠著圍牆。

「這裡風景其實還不錯嘛。」芳宜少見地跟她開口搭話。

「你來了這麼久，應該看膩了吧？」

「我有懼高症，所以不常靠圍牆那麼近。」芳宜伸出手，擺出抽菸的姿勢。「借根菸？」

阿珍有點嚇到，她從未看過芳宜抽菸。慌忙之中她掏出菸盒與打火機，第一次替人點菸，她手上的火在風中顫抖，芳宜伸出了手，將小團橘紅護在掌心中。阿珍第一次注意到，芳宜的手指竟然那麼細長，拿菸的手勢非常漂亮。

「感覺你最近有點低落。」芳宜一點也不拐彎抹角地問。「跟覓之走了有關係嗎？」

「有吧。」阿珍也點了根菸。這是她在火災之後頭一次抽菸。

「別太難過。在這裡待久了，就是會看到很多這樣的事。」

「你在這裡多久了呢？」阿珍終於找到機會問。

芳宜仔仔細細地看著阿珍，答：「可能在你出生前就在了。」

「好難想像在這裡待二十年是怎樣的感覺。」阿珍看著遠方，也許從某棟樓還沒建起的時候，芳宜就在這裡了。

「沒想像中難，也沒想像中簡單。達到某個臨界點之後，就會覺得自己也變成了一隻鯉魚，沒感覺了。」芳宜也望著遠方。「但覓之就過不去，她前前後後也待了一兩年，這次還是走了。」

「一兩年？覓之不是跟我一起來的嗎？」阿珍來到這裡，也才三個月左右。

芳宜先一臉狐疑，隨即鎮定地說：「對你來說她是第一次來的，但我已經看見她上來第三次了。在你來之前她就來過了，每次都出去了再回來。你應該也看過她的手機訊息吧。」

阿珍聽了，安靜了許久。

在沉默的途中，她覺得她確實看見了黑色的微小物質，在她與芳宜周圍飛舞。夜晚竟也開始冷了。

「有些人來這裡是想變色，跟鯉魚一樣。有些人是只想待在池子裡。你是哪一種？」芳宜問。

「我不知道。可能兩個都是吧。」阿珍想到在媽媽喪禮籌辦期間，她聽見親戚邊摺元寶邊討論著自己的去處。有人說可憐哪還這麼小就沒父母，也有人說幸好孩子已經成年了，可以去賺錢養自己。但她到底該去哪裡呢？她其實一點也不知道。覓之要她別依賴任何東西，但她心中本來就一直沒有任何可以依賴的事物。她一直是活在魚池裡的鯉魚。

「你真的有看過變成膚色的鯉魚嗎？還是這一切都是一場騙局？」阿珍問。

「有啊，我有看過。」芳宜深深吸了一口菸。「所以我才少一隻鯉魚啊。」

阿珍過了好幾秒，才了解她的意思。她傻傻盯著芳宜，彷彿成為世上第一個看見火的人。

「你的實驗成功了？」阿珍問。「你的鯉魚變色了是嗎？」

芳宜對她一笑，什麼也沒說。阿珍覺得好像今天才認識了她。

「你幹嘛不出去？你有那麼多錢欸？你有那麼多錢欸。」阿珍驚訝地問，甚至驚訝到重複了兩次。

「出去也沒什麼好的。」芳宜將菸灰往樓下彈，慎重地看著它們落下，彷彿那是她的分身。「有多少錢都一樣，待在這裡，搞不好還比在外面好。」

「你沒有家人嗎？」

「算有吧，有父母，還有一個哥哥跟弟弟，太久沒聯絡了，不知道還在不在。」芳宜像是想到什麼，嫣然一笑，說：「對了，還有芳芳。」

在那一瞬間，阿珍覺得芳宜的笑臉非常美麗，即使是魚尾紋都像錦鯉的花紋。她們是第一次單獨講了這麼久的話，阿珍卻感覺到這段對話將會成為她很重要的記憶。在這悠長的時間裡，不知道芳宜是否也經歷過許多許多次這樣的時刻呢？

「你為什麼會來呢？」阿珍問。

「好問題。我也不知道。或許我還在這裡，就是為了尋找答案。」芳宜邊說，邊把菸捻熄。「對了，我想起來了，我過來天臺是要跟你說一件事。鯉魚池上面那個天窗，有時候天氣好可以把它打開來讓鯉魚曬曬太陽。」芳宜說完之後，便轉身往屋內走去。

「那你變成膚色的鯉魚到哪裡去了？」阿珍對著芳宜的背影問。芳宜稍稍將臉轉了過去，阿珍竟覺得她暗夜中的側臉感覺年輕。

「牠順著水流流到換水的管道裡，自己離開了池子。」她指著房內的鯉魚池，阿珍的視線也不由自主地往那望去。雖然房內一片漆黑，但阿珍知道，現在她的鯉魚一定正跟她一樣，隔著黑暗望著她。

不知道是怎麼樣的魔法，隔天，芳宜消失了。在她離開的早晨，阿珍一起床就發現空氣中的燒焦味消失了。彷彿那些煙塵，都在昨晚芳宜的菸裡被吸收了。

不知為何，悲傷並沒有出現在阿珍心裡。

她檢查房間、浴室、天臺的四個角落。最後，她仔細地望著鯉魚池裡，三條鯉魚依舊在水中畫著單調的圓圈。

確定芳宜的身影已不在這個空間後，她回到自己的床上，發現床頭放著一本筆記，翻開一看，那是芳宜用手寫記錄下的鯉魚飼養守則，從紙張與字跡的斑駁感感覺得出年代。阿珍翻到最後一頁，看到筆記夾了一張照片，映入眼簾的，是感覺只有二十幾歲的芳宜抱著一個小女孩。芳宜穿著像要走星光大道一樣豪華的長禮服，在她腿上的小女孩和她長得有些相似。雖然照片有些許褪色，但還是看得出芳宜穿著的禮服有多鮮豔，而她的笑容有多美。

阿珍往後一躺，攤在空無一人的臥室床上，彷彿又回到母親告別式結束後的隔天早上。屋裡安安靜靜，不同的是，這次有鯉魚陪著她。

這晚的新聞，頭條是臺北市區的大停電。幾乎臺北市每個行政區都像要幫壽星慶生一樣，在點蠟燭前將城市沉入黑暗中。在新聞網站上角落的版面，小小地刊登著今天偵破毒販的案件，以及今天跳樓死去的女子。

因為大樓配有發電機的關係，到了晚上阿珍才知道停電了。她平時所俯瞰的那片星空，變得不再璀璨。早上在確認芳宜已經不在後，阿珍久違地在貨梯裡放了紙條。到了傍晚，貨梯真的出現了她所要求的東西：一套女性上班族的套裝。阿珍對著穿衣鏡穿上，白襯衫、西裝外套、套裝窄裙，全身黑白的她在鏡子裡，看起來就與樓下的那群人無異，也與她的鯉魚無異。

也許她也很適合在辦公室裡做事。她心想。也許她該去。但那全是留到明天再思考的事。現在她正背著望遠鏡，一步一步爬上頂樓的頂樓，專注在別讓自己掉下去，她知道如果她掉下去，就會像芳宜、覓之、媽媽一樣，撲通一聲地落入水裡。還是她早就落水了？

阿珍爬到頂樓的頂樓，也許是因為風的關係，她感到眼前的天空前所未有的遼闊。她依照芳宜的指示，把樓頂的天窗打開，從窗中，她看見自己的影子倒映在水面上，而她的鯉魚在月光下圈游。

她將腳架立起，裝好望遠鏡，開始看遠方的天空。今天的臺北沒有燈光，星星都回到天上了。

但她不知道的是，這支望遠鏡最遠只能看見月球的表面。於是她看見了星星，卻依然只能遠遠地看著它們閃耀。只有月亮凹凹凸凸的表面坑洞清晰地浮現，像一座座水池一樣。

也許月球上也養著鯉魚，住著人，而那些人正俯視著她。但阿珍不介意，因為她也正在看著他們。

靜靜地，她好像聽見鯉魚游動的聲音。像她第一天來到這裡時一樣，澇動的水聲清脆響起，感覺遙遠但確實存在的銀河，像小溪一樣流過了她。突然，阿珍想起了小灰。

阿珍一直懷疑小灰其實沒有跳出魚缸，是母親悄悄趁她不在家時倒掉的。母親過世後，她收拾家中行李時，無意間發現母親將小灰的魚缸收在雜物中沒有丟棄。她知道，她是媽媽的鯉魚。而她也知道鯉魚可以活一百年，也許她會應徵這份工作，只是不想再孤獨下去了。

阿珍點燃了菸，火焰像她給自己的戒指。火讓她想起了那個人。不知道在沒有燈光的晚上，他現在是不是也正點燃著火？

這個時候，因為火災而沒了工作的某個人，從工作中的漫長時間得到短暫的解放。他在頂加套房的陽臺抽著菸，邊滑手機邊尋找有沒有新的工作機會。在某個發呆的瞬間，他彷彿看見遠處的大樓樓頂有一顆小小的火光閃現隨即消失，他仔細地盯著那處，卻再也沒看見光芒了，他想自己搞不好是看見流星了。

不論如何，他都把握機會在心裡許了願，希望自己能獲得幸福，這樣就好。然後再度低下了頭，埋頭於另一個光亮。

在那個火災的下午，阿珍夢見自己死了，像一顆星星那樣默默地死去。死後她變成鯉魚，再活上了一百年。有人告訴她，只要鱗片變成膚色後，就可以再次成為人。在夢裡她沒有任何情緒，但在快醒來時，夢中的她卻覺得好孤獨。夢的內容她沒記住，但這股孤獨感從夢中延伸到夢外，想不起來的夢的碎片像她與那個人的菸灰一樣，散逸在空中，最後從天窗降雪般落下，掉到了鯉魚池裡。一黑一白的鯉魚依舊閃亮著光澤，那麼美麗。

龍宮

「在海邊，時間比其他地方的都更加複雜。」（Time is more complex near the sea than in any other place.）

——約翰．史坦貝克

一朵、兩朵、三朵牽牛花在海邊堤防的爬藤上綻放。跟殊殊家的姊妹一樣，長得相似又不同的三個存在。殊殊抱著一籃子的菜，站在早晨暖烘烘的馬路上望著海邊曬太陽。海邊同時有很多氣味，海潮的鹹味、消波塊上苔蘚的潮濕氣息，還有不知道是被曬到乾白的狗屎，還是那天被除草過的大咸豐草殘體的味道，一股某個東西在自然中漸漸分解的味道。這些味道，沒有差別的進到殊殊的身體裡。

海平面上有些閃閃爍爍的光輝，一點、兩點飄忽不定地閃動著。發現自己數再久也數不盡海上的星點後，她才踏上回家的路，一邊想著等等要做什麼菜：紅蘿蔔炒蛋、味噌湯、炸魚排……她想到她買了兩片魚，停下來想了一下，確定自己沒搞錯數量，才又邁開腳步。

從海邊的小路一直往北走，直到遇到小河，再往右拐進小巷、穿過一座長滿九重葛的圍牆後，一棟以藍色油漆抹過，上頭畫上栩栩如生的章魚、海豚、水母等等彩繪的平房，就是殊殊的家。那些畫是殊殊十三歲前一筆一畫畫上去的，如今一房子的海洋生物已經六歲了。

殊殊打開紅色的鐵門，進到屋裡，貝玉正坐在客廳看電視。屋內連牆上都有彩繪，烏賊、水母像鬼魅一樣地游往天花板，牆面上一些藍色海浪與紅色漁船像被小小的雷打到一樣，被電視熾熾的光照得一閃一閃，貝玉陰暗的側臉上浮現彩色的光塊，放在一旁一家四口的合照相框也不斷反映著色彩。

「你回來啦。」發現殊殊回家後，貝玉站起身，到廚房去幫她做午飯。殊殊在客廳脫掉外套，一邊遠遠看著這個女人的背影。她是殊殊的媽媽，名字叫貝玉，照理說，今年五十一歲，只穿寬鬆的棉麻衣服，討厭小動物，在身旁沒人時，有時會小聲地哼著曲調。殊殊慢慢地走動，貝玉在她眼中的樣子從背影轉為側面，她們兩人的鼻子長得一樣，雙手從沒塗過指甲油。袖子滑過殊殊樸素的指尖，輕薄的外套落在地上。

一尾鬼頭刀從塑膠袋滑出，被拖至砧板，圓大的雙眼沒有焦距，但這樣看著，牠就像在跟天花板上繪著的粉紅海豚對望。

這個海邊的小鎮什麼都沒有，也什麼都有。海帶來了衣食無虞的生活，但人們只會望著海。不愛看海的人，都離開這座小鎮了。

在這樣太陽與月亮不停往復的日子裡，人們漸漸地發現到一個現象：不知什麼原因，在這個村子裡，有的時候，死去的人會從海裡回來。一開始人們覺得有些異常，但從海裡發生的事，有什麼是不可能的呢？也許人會從海中回來，就像海龜每個世代都能找到同樣的海灘產卵一樣，人類一開始會對這樣的現象感到驚奇，後來就覺得理所當然。這樣想著，復生的現象也日漸成為小村的一種日常。

第一個復活的人，已經不知道是誰了。但第一個發現的人是這樣說的：他在清晨天尚未亮的時候，到海邊準備海釣，在一團黑暗中他看見了人影從海浪中走出來，那是他家隔壁過世了一年的老奶奶。濕淋的白髮與壽衣緊貼在她身上。本像幽靈船鬼魅登陸一般離奇的畫面，那人卻一點也不覺得詭譎，而奶奶也一眼都沒往他望去，像是剛採完蛤貝，徑直往家的方向走去。

那些從海回來的人各種死因、年紀都有，沒人知道遴選的標準是什麼，只知道海有時就是會選中一些人，再讓他們回到岸上，讓他們潮濕的鼻腔再次呼入一些空氣。

在兩個月前，殊殊的媽媽被選中了。兩年前，貝玉於冬日死去，今年，她在夏天回來。她回到家時，第一個發現的人是殊殊。

那天接近清晨，天將亮未亮之時，殊殊走路回家，在家門口看見一灘濕漉漉的痕跡，就像是有人在那破了羊水。她還記得在她進門前，最先聞到的是海水的味道。這裡臨海，那種氣味並不罕見，但那味道就像是在礁岩的縫隙、在一輩子都浸在海水的沙粒間聞到的那樣濃厚。

像打開龍宮的寶箱一樣打開門後，屋內的中心發著光，牆上所有海洋生物就像被那道光吸引一樣在微光下顯現。而那束光前，就是殊殊的媽媽，她彷彿無事般坐在她生前經常坐的紅色布墊和室椅上看電視，她最愛的綜藝節目主持人正在說著不好笑的笑話，配上盛大的罐頭笑聲。殊殊盯著那畫面，彷彿那也是電視的一幕。之後她轉身走到門外，在剛升起的太陽下發呆，直到陽光完全照滿整片大地，殊殊的身體也被曬暖後，她才進到屋裡去。

那時，殊殊的妹妹得到難得的機會，在太平洋一艘遠洋郵輪上做實習船醫，每天都會有人因光怪陸離的狀況前來就診，人類的異想天開比死人會從海中復活來得離奇。姊姊是個化學研究者，在一個說著不同語言的國家工作，一樣是住在海邊，每年夏天緊鄰她住所的海岸都有衝浪客死亡。當她們四人都在家時，那棟小平房就像女生宿舍一樣吵雜，人聲將牆壁的每個隙縫都填滿了。

當媽媽死去後，姊姊與妹妹陸續離家工作，只有長假的時候才能回來，家裡平時只有殊殊一人。媽媽回來後，就她們兩人待在這個海邊的小屋裡，此時她總算聽見了夜晚的浪聲。

媽媽回來後，殊殊變成了魚鷹。非常沉默，無時無刻在觀察著媽媽。而媽媽則像海龜。說真的，媽媽跟平常沒有兩樣。要說奇怪的地方，也只有發呆時間變長了，但媽媽本來就很常發呆。沒有工作的時候，媽媽經常會坐著好幾個小時不說話，彷彿大腦正在清洗。她說過發呆是好事，能讓疲憊的大腦休息，能逃離所有人、所有思想的糾纏，讓人進入沒有意識的世界。

「沒有意識是好事嗎？」小時候的殊殊曾問道。那時她媽媽正在屋外編魚網。綠色的網線密密麻麻地，像一團看不見五官的大狗躺在一旁。媽媽熟練地編著魚網，一邊回答：「當然是好事。你看，像我編了魚網這麼久，就算是閉著眼睛也能編。可能在我睡覺的時候把線放在我手上就會編了。這樣很好，對不對？」殊殊點點頭。

「編魚網已經變成我的本能了。就像海裡的魚一樣，牠們也是無意識地活著，肚子餓了就覓食，洋流來了就跟著游，這樣很好。」她一邊說，手從沒停過。殊殊當時想著，母親雖是這樣說，雙手卻做著捕捉魚的工具。捕捉、食用也是人的一種無意識嗎？

媽媽回來後，殊殊的每日行程其實沒有太大變化。每天早上，確認媽媽已經起床，一如往常地在客廳看電視後，殊殊就會出門到釣具店上班。

夏天，炙熱的釣具店似乎也散發著一股海與魚的氣味。殊殊一人顧著店，一邊做著手工的擬餌。這些擬餌也不只是擬餌，每個的形狀都不一樣且千奇百怪，有些是粉紅泰迪熊造型，有些是說不出名字的外星生物，有些是小小的人偶，有些就是魚的形狀。她做的東西相當受歡迎，一些年輕人到店裡買這些擬餌釣其他東西。

製作擬餌總讓殊殊有股不踏實的感覺，於是她把它當成另一種物品在製作。

與魚網不同，擬餌像是誘騙。太過老實的殊殊總是覺得哪裡不對勁。她一生中有過誘騙的時刻嗎？雖然是極少的時刻，但有時她在顧店時，可以感覺到男人們的眼光。因為左鄰右舍多少都認識，沒人會真的對她做什麼或說什麼，果蠅般輕巧卻存在感十足的目光，總會在她背心的領口停留。

她的擬餌有時用木頭雕，有時用黏土捏，再用鉗子加上五金與羽毛。殊殊從小就手巧心細，任何手工藝都難不倒她。當姊姊跟妹妹都研讀科學時，只有她認真的畫著畫。她還記得當她踩著凳子塗畫家的外牆時，母親就坐在一旁織著魚網，兩人用不同方式製作了圈住魚的工具。

但殊殊其實從來沒有在海裡游泳過，也沒有釣過魚。那種需要奮力拉扯與命懸一線的時刻，她並沒體驗過。她一直沒說這個祕密，說出口就像拿魚線絞自己的喉嚨，她深怕讓人知道就會覺得她沒用。

覺得自己沒用就像媽媽所謂的無意識。早就已經記不清那股感覺是從何而來，但就像呼吸一樣植在身體裡。是姊妹們都憑藉自己專長而離開小鎮時嗎？還是發現這個世界就算沒有自己也什麼都不會變的時候？不論做了什麼，這根鉤子會一直存在她體內。

就連兩年前媽媽為何要自殺，她與姊妹們也不知道。其實並沒有證據，畢竟沒有找到遺書，但她們直覺地這麼覺得，也許是一條名為血緣的神經告訴她們的。那個冷得要命的清晨，有人發現媽媽白色的鞋子端端正正地放在沙灘上，像一雙垂死的白鴿翅膀。又過了幾小時，有人在海面上發現媽媽的身軀。根據推斷，她應該是在日出之前進到海裡的。

沒有遺書，沒有目擊者，也沒有任何祕密的信，媽媽就這樣消逝了，像煮飯時的一縷煙一樣。要是真的像一縷煙一樣就好了。媽媽的氣味、影子，與她留下的一切還遺留在那間海邊小房中。

嘴上說著是為了工作，但妹妹離開了家。嘴上說是為了研究，但姊姊離開了家。只有殊殊一人留守在那間房子裡，那些她畫在牆上的圖案都不再生動，那是一棟死了的家屋。即使如此，她還是離不開那個家。為什麼呢？她自己也不知道。也許是因為空氣中有海風與哀傷種種鹹味交雜的味道，少了那個氣味，她不知道自己是否活得下去。

媽媽回來的消息，殊殊過了好幾天才告訴姊姊和妹妹。她們兩人的反應比殊殊想像中來得平淡，也不打算立刻趕回家見媽媽。有天晚上，三人約了時間，用視訊電話稍微聊了下。殊殊趁媽媽去睡覺時，在家裡左喬右喬才找到了一個訊號良好的角落，那是綠色冰箱前一個小小的空位。因此在她們三人的臉在螢幕上連成一個三角形時，殊殊的身後是一片海綠。

怕將媽媽吵醒，她們三人小小聲地說話，恍若一場女巫集會，談論著她們唯一的黑卡蒂。

「媽媽看起來怎麼樣？」姊姊問。

「跟之前沒兩樣。」殊殊答。

「真的沒兩樣嗎？會吃飯？會睡覺？」妹妹問。

「真的，她現在就在睡覺呢。」殊殊又答。

「你有沒有問她，在回來前去了哪裡，怎麼回來的？」

「沒有。我不敢問。」殊殊誠實地說。她心裡有股預感，問出了這個話題後，媽媽就會再次回到海中。

兩人像是對殊殊的擔憂了然於心一樣，只是點了點頭，就不再追問。確認了媽媽一切正常後，後來的時間，她們聊起所在地方的海有多不一樣。

姊姊在工作的地方找到了男友。兩人經常在下班後一起到研究室附近的海邊散步。他們那裡的海是岩岸，石地像被挖了幾口的冰淇淋一樣被海水噬沒，生出了無數大小不同的坑洞。退潮之後，有些小魚會被困在岩岸上的凹洞中，她覺得那些小小的洞也是海。

妹妹實習的船是艘科學團隊的遠洋研究船，船隻經常行駛在海中央，她經常懷疑輪船是不是擁有靈魂，能夠隨心所欲地行進或停止，前往海上的任何一方。她說，海中央的氣味與在海邊聞起來不同，是更加純粹的味道。同時也讓人不敢再繼續往海裡靠近。大概就如同宇宙一樣，她不知道那股接近真理的氣味來源是什麼樣的地方。

「那是與我們故鄉截然不同的地方。」妹妹說道。殊殊心裡想像著海的正中央底部有著什麼，媽媽就是從那回來的嗎？她一邊想，就越覺得神往，心緒飄遠的同時，也決定不問姊姊與妹妹那原本就猶豫不決的問題：什麼時候要回家？

姊姊與妹妹交代殊殊好好照顧媽媽後，就紛紛掛斷了視訊電話。電話掛斷後，姝姝一人蜷縮在冰箱前，屋內寂靜到彷彿可以聽見海浪的聲音。

午後的釣具店有時會充滿一種海潮的氣息。明明那裡就不是海，也沒有魚類光顧過。姝姝在沒人、又不想做擬餌的時候，就會坐在櫃檯前做白日夢。

白日夢會帶姝姝到相當遙遠的地方。有時是她自己腦中的深谷，有時是已經忘記許久的回憶。大概是自從媽媽過世後，她經常想起她的父親，以及他是否還活著、他死了之後會不會回到這片海裡？

姝姝的父親在她剛學會識字時，離開了家裡，到海的另一端去工作，之後就再也沒回來了。從那之後，媽媽變得喜歡看電視。

電視就像白日夢一樣，可以把人帶到從沒去過的場所。例如在草原上奔跑的獅群、從宇宙中看向地球的景象、走在歐洲的街道上散步的男女，四目相對後在大街上擁吻、背著背包獨自一人到世界各地旅行的旅人。

在媽媽過世、姊妹們都離家後，姝姝本來打算離開家裡去做些自己夢想已久的事。她一直想出國或去公路旅行。但到最後，她只是躺在家裡客廳渡過許多天日，從未出過遠門。她與畫在天花板的大翅鯨對望，她還記得畫它時她成天踏在梯子上，因為脖子與手臂實在太過疲累，最後她只大概勾勒了鯨魚的形體，只有眼睛畫得最為認真，也許就是為了未來的這一刻。她天天都望著鯨魚眼問：「為什麼我不出門？」、「為什麼我不敢做感覺很酷的事？」、「為什麼我害怕所有事？」問著問著，時間就過去了，而媽媽也回來了。

「嗨。」一聲招呼讓殊殊清醒過來。一個戴著棒球帽的年輕男孩踏進了店，靦腆地笑著。殊殊跟他簡單地點了個頭。

那是一位熟客，名叫阿海。跟殊殊一樣是鎮上土生土長的孩子。殊殊從未看過他拿釣竿或前往海釣的路上，但他經常來買擬餌。這天他背著一個大背包，似乎正要去某個遙遠的地方，但殊殊並沒開口問他要去哪裡。

阿海逛了一圈後，像迴游一般回到櫃檯。他向殊殊搭話：「今天忙嗎？」

「如你所見。」殊殊用眼神環視空無一人的店內。她一直都不是擅長與客人聊天的店員。

「聽說你媽媽也回來了。」阿海說，手上把玩一個人魚模樣的擬餌。他的爺爺在去年的時候，也從海中回來了。

「嗯。」殊殊開始拿起抹布擦拭玻璃櫃檯。她並不是討厭阿海，只是覺得對方跟她一樣，有股不擅與人交際的氣息，於是兩人手上各做些事情會比較好。

「那麼，請把這個給她。」阿海從口袋掏出一個小鐵盒，放在櫃檯上。

「這是什麼？」殊殊問。乍看之下，那很像裝糖果用的圓形小容器，殊殊拿起來搖一搖，確實有像彈珠碰撞一樣微小但清脆的聲響。

「我也不知道。是我爺爺要我交給你媽媽的，他說，她在海裡幫過他。」阿海一說完這話，殊殊便抬起頭與他對視，她看見與她非常相似的一雙眼睛，對於真實感到好奇，但又不敢去探究的眼神。

「他有說關於那裡的事嗎？」殊殊問。

「我沒有問，應該說不敢問。」阿海又露出了傻笑。「我幾乎每天都在想這個問題，想到快瘋掉了。所以我覺得最好的方法，還是離開這個地方一陣子。」阿海展示了他的背包，原來那是他的行囊。

「你要去哪裡？」殊殊問。

「先到隔壁縣的村子找朋友學木工囉。我想學些手藝。」他說，手上還在把玩那隻人魚，亮綠色的鱗片在他手上轉個不停，像盞旋轉燈。「其實我覺得你會做這些東西很厲害。」

突如其來得到了誇獎，殊殊一時說不出話。但阿海接著說：「你知道嗎？其實有時候你的擬餌都浮不起來，有的時候沒辦法用在釣魚上，它們會沉到深海裡。」沒有在釣魚的殊殊，自然不知道擬餌需要什麼樣的特性。儘管阿海的語氣一點惡意也沒有，殊殊還是開口想道歉。

「但我還是很喜歡它們，我的其他朋友跟他們的女朋友也很喜歡。我總覺得你在做的不是擬餌，而是其他的東西。」阿海笑著說，感覺誠懇，又相當羞澀。

「謝謝。」殊殊終於說出口，她也同樣羞澀。

「你有想過離開這邊嗎？」阿海問。

殊殊幾乎快直接脫口說「有」，但又想了幾秒，自己有嗎？最後只回答：「我不知道，也許有吧。」

後來，阿海想跟殊殊買那個人魚擬餌，殊殊說要送給他，但阿海堅持付錢。從他手上接過硬幣的時候，殊殊的指尖碰到了阿海濕潤的手掌。她可以感覺到那枚硬幣在阿海的手掌上積累了多少溫度，一股微微的熱氣從他的手挪動到殊殊的手。在他走後，那股微熱還在殊殊掌中，甚至可以感覺進入了她的身體內。

她沒辦法靜下心做擬餌了，只能反覆擦拭檯面，她觀察那些未乾的水痕在桌上逐漸擴散的痕跡，想要從那些流動的空隙中找到什麼，但不論怎麼看，都只發現那些空洞越來越大，並且逐漸乾涸。

回到家後，殊殊將小鐵盒交給媽媽，並轉述了阿海的話。媽媽聽了後，露出一絲慌張，那是她回來後最明顯的感情起伏。然後便像海龜埋起自己的卵一樣，把小鐵盒藏在櫃子裡。晚上睡覺時，殊殊一直懷疑盒子內會誕生出新生命，爬出盒子自行出走到海邊。

幾天後，貝玉跟殊殊提議去海邊。

在殊殊的印象中，上次與媽媽到海邊已是快十年前的事。自從發現逝去之人會從海中回來後，投海而亡的人變得更多，彷彿從海中復活能得到新生，但實際上從海灘重新回到現世後，你依舊還是那個你。因為後來海邊意外頻傳，去海邊的人也漸漸變少。而且，貝玉跟殊殊並不會游泳，每次到了海邊，貝玉都是坐在沙灘上看著孩子們，而殊殊總是撿貝殼。殊殊還記得媽媽那曬到紅通的臉上瞇成一線的眼睛，總是不曉得看向哪裡。

殊殊做了簡單的三明治當午餐後，就和媽媽一起出門了。媽媽在前面，殊殊在後面，兩人在小鎮的巷弄中走著。這個鎮裡幾乎都是不超過兩層樓的平房，偶爾看得見新建的漂亮水泥透天，但後來幾乎都會成為空屋。

他們經過一間古老的平房前，看到門口有一個老人雙眼無神地坐著。幾年前，老人全家人都因車禍而過世，那時開始他每天都在家門口坐著，彷彿在等他們從海中回來。殊殊轉頭看了一眼他，竟不小心與他四目相對，但意外地沒有一絲尷尬，他空洞的眼神竟然讓殊殊感到有點熟悉。

殊殊看著媽媽的背影，媽媽在她前方走著也是好幾年前的事。她仔細端詳她走路的樣子，不高的個子腳步小小的，整齊輕快，那麼地像個活人。屋簷交疊的陰影時而蓋在她的背上，路邊的蒲公英跟日日春沒有枯萎的一天似的開著。

小的時候，偶爾父母會一起帶她去海邊，那時他們都是並肩走著，有時媽媽或父親其中一人或兩人同時會牽著她的手。她還記得小時候父母親相處的模樣。因為媽媽叫貝玉，所以父親常會叫她「寶貝」、「貝貝」等等，偶爾還會捧著她的臉，深深地看她漂亮的眼睛跟鼻子。然後，某天這個景象就完全消失了。就像電視突然被關掉一樣，家庭戀愛喜劇不再在這個家播放了。

父親在海的另一邊找到的不只是新工作。他找到了新女人、新生活，之後就再也沒回來。如前所說，不喜歡看海的人，都離開了這裡。

媽媽告訴殊殊這件事時，姊姊去上學，妹妹在嬰兒床裡睡覺，只有殊殊跟媽媽兩人在客廳裡，媽媽邊看電視邊說。冷冷的光打在她臉上，就像她是從深海來的。

「那個女人漂亮嗎？」年紀還小的殊殊問。一個飛快的耳光落到她臉上，精準又響亮。之後媽媽轉過身去繼續看電視，像什麼也沒發生那樣。殊殊也站在一旁，像沒事一樣，頂著發燙的臉頰跟媽媽一起盯著電視機，彷彿螢幕上的森林、草原、攝影棚、咖啡廳的光能冷卻這份疼痛，能凍結她們所有人的疼痛。之後，她們再也沒有提起這件事與這一天，也不再去海邊，即使是海，她們也只能在電視上看到了。

到了海邊後，媽媽果然只坐在沙灘上。她瞇著眼睛靜止著，像是在做一場恆久但有意義的白日夢。

殊殊本想在海邊撿貝殼，但當她低頭在豔陽下苦尋許久後，她發現現在海灘上幾乎沒有貝殼了。她兒時沙灘上滿布貝殼的景象已經消失。一時氣餒下，她走到媽媽身邊坐下，陽光毫不客氣地曝曬在她們臉上。

「你怎麼突然想來海邊？」殊殊問。

「很久沒來了啊。」

兩人一起望著海面，靜默了許久。今日的海灘人不算多，只有幾個要去出海口附近的釣客路過。殊殊與貝玉長得有六分相似，若旁人看見她們，直覺就會認為是對母女。但殊殊並不總是這麼覺得。她覺得母親是個女人，她也是個女人，只是恰巧從這個女人身體裡的海誕生的。而她們大概都來自於眼前的這片海。

已經快九月了，這裡的氣溫還是高到可以讓一切氣化成霧。海與沙灘、媽媽在殊殊眼裡都是模糊的。儘管氣氛尷尬，殊殊還是不說話。語言是有靈魂的，跟人一樣。說出來後，即使看不見也會存在。因此殊殊總是很沉默，她寧可不說話，也不想因為不經意而說出讓人受傷的話。

她覺得母親跟她是一樣的。儘管殊殊認為她們感情不差，但也從未有過肉麻的話。

「你後來有去公路旅行嗎？」媽媽問。殊殊很驚訝她還記得這件事。

「沒有。」殊殊回答。「買車、養車太麻煩了。」

「你沒有趁那個時候去，現在就很難去了。」

「沒關係。」殊殊本還想說「之後還有很多機會」，或是「我也沒那麼想去」，或者最好應該說「我們可以一起去」。但話語醞釀在心中，久久說不出來。

「我以前很久當歌星。」貝玉說。「年輕的時候，可是我只要上臺就會怯場，太緊張時，唱出來的聲音就像海豚一樣。所以有一段時間，我被人家叫『海豚』。在那之後，我只要上臺都無法順利發出聲音，我就也沒再上臺唱歌過了。」

「但是當海豚有什麼不好？比起其他動物，海豚好多了。所以當有人這樣叫我時，我也會假裝自己是隻海豚。後來大家漸漸長大，變成熟了，也不再有人那麼叫我。後來，我認識你爸爸，結了婚，他從不知道我被叫過海豚，但有些時候，我知道自己就是隻海豚，還是隻海豚。不管是結了婚、生過小孩，還是一樣。」

殊殊從沒聽過這些話。她正想說些什麼時，貝玉繼續說：「你知道嗎？海豚生下來的小孩也會是海豚。你流著海豚的血。」她兩隻眼睛看著她，閃亮亮的就像海在她眼睛裡。「如果不想當海豚，你只能自己長出腳來。」殊殊的腦海裡出現鯨魚的眼睛，那段漫無目的的日子裡，悶熱的室溫回到她體內。

「我想去游泳。」殊殊說。她站起身來，朝海邊走去，不敢回過頭看。

殊殊沒有穿泳衣，她的小腿先進入海裡，接下來她的短褲、上衣開始漂浮。海水不如想像清澈，深藍綠色裡看不見海底有什麼，只感覺得到手腳與軀體正浸入其中。即使天氣炎熱，當半身都浸入水裡時，她還是感到冰冷。原來，這就是她眺望許久的海的觸感。

在媽媽回來前，殊殊每天都會到海邊看海，她從沒跟任何人說過這件事。每次她都僅僅是在沙灘上望著，從來不敢觸碰海水，她害怕體會到當時媽媽所感受到的溫度。

媽媽回家那天晚上，她在黑暗的海灘上坐了許久，陷入無可自拔的白日夢。思緒的海浪不斷湧來，她想像著，如果自己那天像現在一樣，夜晚睡不著出來散步，是不是就會阻止浸入海中的媽媽？如果在爸爸離開時她們就搬離這個小鎮，離海遠遠的，是不是就不會發生這些事？如果自己在長大前就死去，也許就不會感覺到這些痛苦。

她想了很久，久到海潮的聲響從耳朵蔓延到腦中，感覺潮濕與鹹味已經滲透到身體裡，感到寒冷與麻木的本能代替了思考後，她才踏上回家的路。

一到家門口，她就看見了一灘海水在紅色鐵門前。一開始，她還不知道是怎麼回事，一打開門，她就看見屋內閃著電視螢幕的光，牆壁被照得一閃一閃的，畫在牆上的鯨魚彷彿看著她。接著，她把視線移到電視機前，看見一個女人坐在電視前的椅子上，那女人也轉過頭來看她。

「你回來啦。」直到她開口，殊殊才發現那是她媽媽。那雙眼睛，完全沒有任何虛假，就是她媽媽的眼睛。

殊殊反應過來的第一件事，是退出家門並把門關上。

她背靠著門，腦袋與身體都陷入呆滯。她靜止的時候，通常會有很多想法湧現在腦海裡，但此刻腦內卻一片靜默。

太陽漸漸升上來，鳥鳴繁雜到難以阻止，她看著一排鳥群從天空橫越，光慢慢地把她圍攏起來，不知不覺流下了眼淚。

此刻的她也流下眼淚了。淚珠滴到海波裡，看似除了小小的漣漪外什麼也沒留下。淚珠在海水中慢慢擴散，隨著往岸邊而去的波浪往返，淚的粒子散播到各處，來回了幾趟後，一批大浪襲來，將殊殊的重心沖倒，殊殊浸沒到自己的淚水之中。

殊殊滅頂前最後聽到的是貝玉的叫聲，之後是無盡的水流聲、肢體在水中揮動的聲音、氣泡往上冒的聲音。她先是手開始撥動水，試圖游泳，後來她的腳跨動，在踩不到底的海中跑了起來。她在泡沫中跑的時候，珊瑚看著她，螃蟹看著她，但就只是看著。之後，她的四肢再也跑不動，頭髮像章魚腳一樣散開，靜默隨著光線刺穿在水中。她忽然感到自己就像她所做的、那些會沉到海裡的擬餌。

不知持續了多久的沉靜，當殊殊再次張開眼睛時，海中視線並不明亮，也算不上清澈，許多小小的微粒在她眼前飄過，沒有七彩的珊瑚礁與熱帶魚群，海中並沒有像她想像得那麼絕美。

她的身體沒有扭動，卻自然地往下沉，像隻魷魚安靜地往下潛行一樣。下沉了不知多少個日月後，途中有樣物體加入她的下墜，過了幾秒或幾天的時間，她才發現那是隻鯨魚。她先是望著它的每個身體部位，接著只望著它的眼睛，因為眼睛是她肉眼所見最快被腐蝕的地方，彷彿天性一樣，越快消亡的越讓人無法忽視。她望著它彷彿望著死的居所，之後一些小魚將眼珠啄食，一些海水沖爛它，當最後一點眼珠組織快被侵蝕殆盡前，她滿懷不捨與愛憐的痛苦望著，但無法阻止任何事發生。她只能眼睜睜看著眼睛成了一個肉的窟洞，後來成了隧道。到那時候，她才發現，其實不一定什麼都是重要的。逝去僅僅是逝去，並不代表悲傷。

她感覺自己也是那顆鯨魚的眼球一樣，正已經消失。她輕巧地縮成一球，輕巧地撞到海的底部。海的底部比想像中平凡，沙地同時堅硬又柔軟。她無意識地蜷著，偶爾睜開眼睛，在睜眨來回了幾次後，她發現周遭有許多貝殼，它們螺旋的中心那處黑暗，似乎也跟她體內的黑暗一樣。於是她情不自禁伸出手，拿取了一個螺貝，深深望著它內部的洞穴中心。

她先是看到極度的黑，又看到極度的白，在那裡面，發生了世界上全部的事。某個士兵流下的血、某對情侶在寒冷的樹林中呵出的霧氣、某個女人在偷情時滲出的汗、某個男人在婚禮時滴下的眼淚，全都聚集在這小小的孔洞之中。殊殊花了不知多少時間，也許是一瞬或永恆，看完了其中所有的畫面。

她也看見了她的父親。不知是何原因，那段畫面像是特別抽出來一樣地來到她眼前。她看見父親不快樂。從小開始，即使是結了婚有三個小孩及一般人認為美滿的生活，他還是快樂不起來。他每天早上走路去上班時，總是把自己藏在自己的影子裡。後來，他感覺到影子即將取代自己，他才決定離開。

他離開時到了其他鎮的港口去搭船，家中只有一個女人送行。那女人在他在船上做最後的揮手時，像是在報復一樣死都不看他。一雙眼睛只緊緊地盯著海的彼端，像在做海上的白日夢。她不知道，這次離開後他們就只會在夢裡見。

那女人回程在火車上，即使筋疲力盡也睡不著，她靜靜地看著窗外，那是她最後一次離開故鄉。在那之後的好幾年，她努力工作、白天在餐廳打工晚上織補魚網、應付三個逐漸成為青春期的女兒、用托盤敲打在店裡偷摸她屁股的男人，偶爾在三個女兒都不在家時，她會躺在客廳的地板上，頭枕著她平時坐的紅色絨墊，在客廳的中心自慰。當手指替自己達到高潮後。她會迷失在天花板的海洋中好久好久，甚至有幾次流出眼淚過。

她喜歡橘色，最滿意自己的眼睛。雖然現在沒有自己的車，但以前相當喜歡兜風。與一般女生不一樣，她討厭小動物。雖然家裡沒錢，但她拚死地完成了高中學業。之後想當歌手，又陷入了害怕不會實現的恐懼。後來，她結了婚，愛上一個她確信愛，但不確信是否永恆的男人。而男人確實也如預言一樣離開了。往後的日子裡，她雖然忙碌但總算是這樣活過來了。即使有許多失敗辛苦但還是活過來了。她相信自己的孩子一定也做得到，所以從未反對過她們的志向。她雖然有很多失敗的地方但她真的希望。這些，她從未告訴他人。

殊殊緊盯著這一切。

那天是個不能再更平常的一天。

因為睡不著覺，貝玉在凌晨時出門散步，不知不覺中，她走到了海邊。一開始，她只是想看看今天會不會有從海回來的人。後來，她細細地盯著黑暗中的海，開始感到好奇。她之所以不會游泳，是因為幼時一次差點溺水的經驗，讓她從此害怕下水。在黑暗中，她望著海面，想起了那天在碼頭邊的海，是那麼閃亮。她突然想碰觸海水看看，她想知道自己是不是已經能夠游泳了，想知道那股恐懼是不是已經被人生的經驗覆蓋，於是脫下了鞋子，走進海中。

將殊殊的意識拉回的是一陣刺痛，像是從夢中驚醒一樣，她一回神就看見自己的右手握碎了剛剛的貝殼，一個小小的碎片刺入她的掌中。與此同時，她的身體開始漂升，水母看著她，磷蝦看著她，只是看著。當殊殊還搞不清是怎麼回事時，光線開始滲入視線中，她抬頭一看，上方有一個物體從光中下降。殊殊第一次看見媽媽在水裡。

當她們兩人在下沉與上升的短暫交會時，媽媽伸手握住她，殊殊也回握著。媽媽趁機將一個小小的東西塞到殊殊手裡，是一個白色的貝殼。殊殊發現阿海爺讓她轉交的小盒子也在不遠處漂著。

「為什麼是你？」殊殊問。

「這個問題就跟為什麼鯊魚會在茫茫魚海中吃掉那隻沙丁魚一樣。這哪有為什麼呢？都是無意識。」

「那麼，這就是所謂的命運？」

「命運？命運是真的也是假的。」母親笑了。「在你決定那是命運時那才是命運，在那之前都不是。」在她們對視的期間，也許只過了幾秒，但好像過了好幾年的時間，好像彼此的眼睛也是個螺貝一樣。

殊殊再次張開眼睛時，勃大地深深吸了一口氣，就像剛出生時吸的第一口氣那樣悠長，鹹風與沙粒一起進入她鼻腔裡，此刻已是黃昏。她轉頭張望，四周無人。

茫然之中，她低頭看著自己的右手，一個紅紅的小點鑲在掌心上。她知道，母親已經回到海裡了。

她站起身，水珠粒粒滴下，潮濕如同剛從羊水中出來。開始走動時，她覺得自己的腳彷彿剛長出來一樣，腳步非常沉重。她的所到之處都留下了稠重的海水，海藻幾乎能依附水痕而生。

在回家路上的小巷中，殊殊吃力地爬完一段階梯後，在一個轉角撞上了人。殊殊非常驚恐，但在微暗中仔細一看，那人竟然是阿海。此刻的他還背著之前那個大包包。阿海看見她，眼裡充滿了驚訝與歡喜，彷彿他期望遇見殊殊一樣。

「你怎麼會全身濕答答的？」阿海邊說邊脫下罩在外面的襯衫。

「我剛剛去游泳。」此時殊殊才感覺到冷。阿海將襯衫披在殊殊身上，手指末端輕輕碰到了她的肩膀。

像是本能一樣，殊殊將額頭靠在阿海身上，再來是鼻尖、胸口、小腹與膝蓋，依序且輕巧的貼合在阿海的身體。阿海愣了幾秒後，也將手放在殊殊的背上。

「你怎麼會在這裡？不是去學木工了嗎？」殊殊問，在阿海懷中，她連說話都溫暖到泛起霧氣。

「我也不知道，就是想回來一趟。」阿海的手臂將殊殊勒得緊緊的。

殊殊抬起頭，跟阿海對視，她覺得自己是第一次看清阿海的五官，但又覺得如此熟悉。她吻了他，先是嘴唇的相貼，後來伸出了舌頭，她想到海鰻。

殊殊將阿海帶回家，穿過紅色鐵門，進入海洋之家。兩人將彼此的衣服脫下，潮濕的衣服浸濕了在客廳的地毯與所有東西。他們在地板上做愛。當殊殊躺在地上看著天花板時，鯨魚的眼睛也看著她，只是看著。

阿海的手指像光滑的珊瑚一樣觸摸殊殊的陰道與陰蒂，嘴唇像溫暖的章魚一樣吸吻著她，手掌像柔軟的蟹爪。舌頭沿路殘留的唾液像水母滑過的痕跡。接著，鯨流般的順游，有東西破殼般地進入了。

當殊殊閉上眼睛時，感覺就像他們兩人浸在海裡一樣，阿海的身體全都融化在海水裡，只有碰觸到殊殊的地方顯現了形體：鼻尖、唇瓣、舌頭、下巴尖、胸口、乳房、乳頭、陰道、臀緣、大腿、腳踝。

一度，阿海突然握住了殊殊的手，雖然仍在抽插中，殊殊卻感覺到有一刻無比平靜。分不出阿海的手掌包覆了她多久，總之在那掌溫存在的期間，她哭了，淚珠滾滾地像滾石一樣生硬又不絕地流下，滑潤了她整臉，但久久無法停止。看見此景，阿海也哭了。

躺在眼淚裡，她感覺自己彷彿今天剛出生一樣。天花板那隻鯨魚，在淚光的模糊中，只有那隻眼睛依然清晰。就好像海中那鯨魚眼珠的靈魂一樣，遠來見證她的誕生。

過了幾個星期後，一輛二手的紅色轎車出現在殊殊家門口。那天早晨，殊殊先出門寄了三封信，一封給姊姊、一封給妹妹、一封給阿海。回到家後，她將行李全放上後車廂與後座，鎖上了家門。家裡一屋子的海洋動物沒有一隻被帶走，但殊殊帶走了一隻海豚，放在她行李中的相框裡。殊殊上車後發動引擎，引擎的低鳴聲轟響，音波隨著空氣從小巷流入往海邊的道路。接著，車子慢慢地駛離，慢慢地往小鎮外而去。

與此同時，那個總是在家門口坐著的老人站起了身子，他決定今天要去海邊。沒人知道他要前往，也沒人知道他去那裡做什麼，是要去迎接家人還是要進入海水裡，那都不重要，但他起碼決定了今天要去海邊。他慢慢地走，沐浴在小巷中的太陽下，身上的每個皺紋都充滿光，沿路上日日春像沒有明天一樣地開。

殊殊的嘴唇閃著日日春的桃紅，她開著車，與前往海邊的老人形成了兩個不同點而連起的線，那條線越拉越長，越拉越長，總有一天，會長得好像要斷掉了，卻永遠會連結著。那條線會變成伏流，細微地彷彿看不見，卻滲透在地脈裡。最後，那條線會流往何處，我想你已經知道了吧。

M的故事

這個世界是被許許多多的符號建構出來的。M這樣跟我說。幾乎什麼東西都能以符號拆解。而那些被拆解到無法復加拆解的事物，就是構成世界最原始的元素。

有什麼東西是真的無法被拆開的嗎？我問。M說，有好多。但她也無法跟我解釋，那些原始物，是需要自己體會才能感受到的。就像風，在你親自感受到風前你無法解釋那是什麼。你有體會過嗎？我問。她說，她覺得有。然後仰望著什麼都沒有的夜空，就沒說話了。事後我想起那時因為路燈的光害，什麼也看不見的天空，也許那片深藍中有著我沒看見，而M眼中顯而易見的事物吧。

我跟她一開始對話，M便說起自己的困擾。她說她發現近日來做夢次數越來越少。每次起床，總是覺得丟失了什麼。

占卜師M的家就住在一間酒吧樓上。經過鬧烘烘的酒吧門口，沿著窄窄的陡樓梯，小碎步地向上攀，一道紅色鏽蝕鐵門內的頂加套房就是她的專屬世界。

酒吧沒有名字，位在臺北市鬧區附近小巷的小巷中，老舊的外牆上只掛了一個方形木招牌，上面畫著一隻笑著的惡魔，在火焰中狂舞。因此大家都叫這裡「地獄酒吧」。M在說明自己的住處時，也總是說：「我住在地獄上面。」

以前曾為了省租工作室的錢，開放了房間讓客人進到家裡的一角進行占卜。本想著也許會引來一些騷擾問題，後來則是因為太多客人找不到這個神祕空間而作罷。

大二的通識課，課堂的期末作業就是要採訪某個職業的人。老師從期初就告知我們，讓我們花一學期的時間準備。我讀的大學在花蓮，遇見M是大一升大二的暑假，那時我為了體驗花蓮的夏天，在租屋處多待了一個月。期間適逢一年一度，一個在海邊的市集，M就在那裡擺攤算塔羅牌。她在一片白布上席地而坐，椰子或棕櫚科的葉子在簡易的頂架上疊層覆蓋，烈日在葉叢的間隙裡在她臉上用光點紋身。當老師沉穩的聲音宣布著這項作業時，我想起我在她對面盤腿坐下時的畫面，她抬眼看我的眼神彷彿是個預言，我想我那時就知道是她了。

課堂結束之後，我用社群軟體傳了訊息給她的塔羅帳號，她過了兩個星期後才回覆。那時她剛從泰國回來，很乾脆的就答應了第一次的採訪。我本來以為她住在花蓮，原來她住在臺北，所以我跟她約好下次回臺北家時順便見面。

我們的第一次採訪並不算順利。因為時間兜不上，所以她在我搭火車離開前約在車站大廳短暫的會面。在黑白方格的廣場上，她依舊穿著跟在海邊看到她時類似的裝扮：棉麻背心與植物染的長裙。與城市的感覺格格不入，氣息卻依然像海。我們兩人站著談話。

「你很奇怪。」當我試著跟她說明想邀請她作為期末報告的採訪對象時，她先是覺得我找一個偶然相識的人很偷懶，又搞不懂為何我會選擇她。她說她一點也不特別，比她更有採訪意義的人一定很多，之後又自己低頭想想，喃喃地說：「但誰又是更有意義的人呢？」之後就不再提問。

M的身上有很多刺青，起碼就沒被衣物遮蔽的部分。我對她最一開始的印象，是她左手腕上延伸到手背的那隻金剛鸚鵡。在攤牌時，它就像隻啟靈的聖獸，一顆聰慧的鳥眼盯著我看。她的上臂有著一個羅盤般的圓形圖案，旁邊圍著一些神獸般的動物，之後我才知道那是塔羅牌的「命運之輪」。後頸則是有些蔓延開來的波紋線條（我問過，那圖案只是想要一些流動的感覺，沒有特別意思）。右手整隻手臂都是杜鵑花枝。她總是素顏，但五官很立體，眼尾細長，眼神深刻但不尖銳，嘴唇又小又豐，整個人鮮明的像是一幅刺青。

後來，我們約好了，每次我回臺北家時，她就可以出來接受我的採訪。之後，每月一次，我回臺北前就會跟她約時間，每次的地點都是她安排。「知道我喜歡去什麼地方，你才能了解我這個人。」她說，我覺得很有道理。

我本來以為她會跟我收費，畢竟我花費了她這麼多時間，但她從未提過，我也不知如何提起。我想她並沒有意識到這是一場有利益關係的談話。儘管，我怎麼想都是我從她身上獲得許多。

我們在車站大廳見面時是十月，很快，十一月就來了。我換上長袖，M的刺青也被衣物遮蔽了。花蓮的冷與臺北不太相同，花蓮的冷空氣裡充斥著雨與空曠的氣味，臺北的則是充滿著雜沓聲與高樓風。

第二次採訪那天，M領著我去離她家不遠的深夜咖啡廳，她說那是她最常去的地方之一。我們走進小巷，那一帶全是住宅，安靜地可怕。因為她要抽菸，所以我們挑了露天的座位，四周除了夜鷹的啼叫以外沒有其他聲響。

M告訴我，不可以寫出她的名字，所以就叫她M就好。實際上我從不知道她的本名，只知道她的英文名字是瑪利亞。「懷了神胎的那個。但我不是基督徒或天主教徒。」她補充道。

這項作業採訪的主題不限，雖然一開始我跟她說是想介紹占卜師的工作，但後來覺得我的理想是希望可以介紹她這個人。於是請她隨意的跟我聊天，想到什麼就說什麼，畢竟我有兩個月的時間可以慢慢整理採訪稿。

M同時有兩個職業，塔羅占卜師與英文譯者，大學時她也是念英文系。平時有案子時就會在咖啡廳工作。問起她是什麼時候開始算塔羅的，她也說記不清楚了，大約是高中開始的，一開始是為了轉移失戀的注意力。

「開始總是跟戀愛有關。」她說。以此為端，她開始自己研究起了神祕學與心理學。「塔羅是很好的入門，熟悉每張牌的意義與之間的關係後，就可以靠練習上手。對不同的占卜師來說，每張牌也會有不一樣的詮釋方式，是運用靈活度很高的占卜。」

許多給M算過塔羅的人，都說她精準地簡直是個女巫。「說實話，我相信算牌準不準與天賦有關，但我覺得更重要的是占卜者有沒有建立自己與牌的連結，畢竟算塔羅就和解夢一樣，在同樣的狀況，即使是一樣的牌，每個人所感應到的意義也會不同。練習『釋牌』也是很重要的，像我現在還是每天早上會習慣抽一張牌，算算今天的運勢如何。」

說到年齡，M說她今年二十九歲。

「很老吧？可能都大你十歲以上了。」她說。她大我九歲。在我搖頭前，她就接著說：「這個年紀還僅靠著興趣工作，已經是人生可以揮霍的末尾了。」

我們聊了兩、三個小時，M天南地北的說著各種事，我猜是長期必須跟陌生人說話，才讓她能如此輕易的與人聊天吧。她說著她遇到的各種奇怪客人，甚至曾因為心太累而休息了一年。「因為來占卜的人一定都是有煩惱的人，沒事的話是不會來的，所以你等於一直在聽著他人的痛苦。」我點點頭。

「你好安靜啊。」她帶著沒有惡意的語氣說。

「抱歉，其實我不太擅長跟人聊天。」

「沒關係，我以前也是，不過我現在很會，所以你不用擔心。」她邊說邊點起一支菸。「抽菸也是一種不用跟人說太多話的祕訣。抽菸就是一種語言。」

我又點點頭。她笑得像個女巫一樣。「你真的會把我說的話都記下來嗎？」她問。我說不一定。她夾著菸的手指上下擺動，鸚鵡感覺也上下擺頭，像是在思考並猶豫著什麼。

我害怕尷尬，為了防止這種沒話聊的時刻，我把事先準備好的問題集拿出來。

「你是哪裡人呢？」

「新竹。」

「家裡的人也有人做跟占卜相關的職業嗎？」

「完全沒有。」

「他們對你的工作有什麼看法呢？」

「非常不屑與反對。」她燦笑說，彷彿這是個很棒的問題。「起碼活著的人很反對，我媽媽在我高中的時候就過世了，我爸爸以前是個很成功的生意人，小時候我們家非常有錢，後來他投資失利，雖然不到破產，但我們家的經濟被打回平凡家庭。他一直覺得人就是要趁年輕賺錢，所以在他眼中我是個遊手好閒的不孝女，除了過年以外我們也不太聯絡。」

「你有兄弟姊妹嗎？」

「有一個妹妹。」

「你們感情好嗎？」

「我想不算非常好吧，現在也是沒事不會聯絡。」她吸了口菸。「她跟我非常不像。」

「長得不像嗎？」

「長得不像，個性也不像。她皮膚白、眼睛大，從小都考前三名，我們國高中同校，每次老師知道我們是姊妹，都會說真的嗎？」她說，但我記得M也是國立前幾名的大學畢業的。

「總之，她做什麼都很符合一般社會的期望。大學畢業後念研究所、研究所畢業後工作、工作後找薪資比她稍高但階層差不多的男朋友，大概是這樣。該怎麼說她呢？她大概就是長輩會覺得很棒的那種女生吧，不會說髒話、染髮頂多只染咖啡色，反對大麻毒品除罪化的那種。很多我的同溫層會覺得這樣的人很遜、很古板好笑，但我不會，我不覺得這樣有什麼。但她卻覺得我很糟。像我這種抽菸、刺青、沒有穩定工作與長期交往男友，還靠虛幻的事賺錢的人。」M像打開了開關一樣說個不停。

大概是看到我感覺抱歉的表情，M趕快補充道：「雖是這樣，但我們的感情也沒有很糟啦，起碼她不像我爸會強制的否定我。」她望向窗外，那裡除了一盞路燈外什麼也沒有。「我覺得我們有共通點，那就是我們都不想變成我媽媽那樣。」

說起她母親時，M總是非常不經意。我們從沒談論過一個話題是關於她的母親，但她總能說很多她的事。像是：「我媽長得很漂亮，我沒像到她。」雖然我覺得M已經足夠漂亮了。或是：「我媽也會做烤布蕾，可惜她死之前我沒跟她學怎麼做，再也吃不到這麼好吃的烤布蕾了。」或者是：「那時候我跟我媽說我夢見她自殺，她把我罵到臭頭，還說我詛咒她，結果幾年後她真的自殺了，我想她有病。」以及她最常說起的：「我啊，最近夢做得越來越少了。以前我非常常夢見我媽媽。」

「她是個怎樣的人？」

「雖然個性並不是十全十美，但她是個好人喔。小時候她常帶我去圖書館看書，所以長大後我才會讀外文系。她也喜歡神祕學，喜歡看星座之類的。她死了以後，我經常思考死是什麼。死，就是身體機能嚴重損壞，沒辦法再用了，而靈魂離開，那個人再也無法有意識、再也不能跟他交談，那就是死亡。」迷茫地看著手背上的金剛鸚鵡刺青，好像手上真的佇立著一隻鳥。「後來我就開始學塔羅了。」

「現在想想，那大概是我的象徵學第一課吧。我覺得象徵是人類記憶與經驗的累積。被蛇咬了幾次後，就明白那是危險的象徵。大家都流行送心愛的人玫瑰後，就明白那是愛的意思。那是全體共有的，有時也會得到屬於你自己的象徵。所以你在學習算牌時，不要著急著自己搞不懂牌中的寓意，活得越久，你自然就越會明白。」

「你有屬於自己的象徵嗎？」

「有啊，非常多。」

「可以告訴我嗎？」

她笑得露出牙齒，那根香菸最後的煙霧瀰漫在她臉上。「下次再告訴你。」

那天，我們一直聊到咖啡廳打烊才解散。原本打算當晚就回花蓮的我，默默的改了火車票的時間，隔天一大早坐著六點多的火車回到了花蓮。當我徒步走回宿舍時，經過了一條兩旁都是田的小路，大片的牛群在廣大的草地上漫遊，牠們許許多多的、無邪的雙眼看著我，讓我覺得很平靜，又有點害怕，彷彿想法要被人看透似的。如果每個人都有所謂好與壞的一面，有可能在知道了一個人的所有後，愛上那個人嗎？我忍不住想著。

再見面時，她送了一個小玩具給我，是一種古早味的套圈圈玩具，在一個裝著水的小容器按下按鈕，水壓就會把水中的圈圈噴起來，要想辦法把圈圈都套到竿子上，才算完成了遊戲。我小時候也玩過，不管怎麼按都不可能把全部的圈圈都弄到目標上。她說是在某間店免費拿到的。我想她是怕我在採訪時又手足無措，所以給我個東西捏在手上，真貼心。

「我發現很多基本的問題我都沒問過你欸，你的興趣是什麼？」這次的地點是個河堤邊的露天咖啡廳，我發現她找的地方都是能抽菸的地方。

「嗯，看書吧，看小說跟詩。」

「最喜歡的顏色？」

「沒那麼飽和的紅色。」
「貓派還是狗派？」
「我喜歡所有的動物。」她看著我，古靈精怪的笑。「你問這些幹嘛？」
「那你是不是特別喜歡鸚鵡？」我指著她手背上的鸚鵡刺青。那是個黑白圖案，但我想像牠如果是真的，會是紅色的。
彷彿我解開了一道謎題一樣，M滿意的笑著看我。「我覺得鸚鵡就是我，還有我媽媽的象徵。」

鸚鵡是她的第一個刺青，也是她們家唯一養過的寵物。M國中一年級，在她們家還很有錢的時候，父親買回了一隻金剛鸚鵡。鸚鵡養在廚房外的庭院，當她與妹妹去上學時，她媽媽就會把鸚鵡搬出特製的鳥屋，推到廚房後門旁的空地曬太陽。

有次M腸胃炎請假在家，下樓想拿水喝時，聽見媽媽在廚房與人聊天，天南地北地聊著生活瑣事。她從門框探頭，看見媽媽在流理臺前的背影，再來是她面前敞開的窗戶，以及與媽媽的身影交疊在一起的紅色鸚鵡。比起鸚鵡陽光下鮮豔的紅，她更記得那黑溜溜的眼睛。她不知道鸚鵡的眼是望著前方的媽媽，還是透過媽媽的頭頂看見她了。自此，她發現母親在家裡沒人時會跟鸚鵡聊天，而鸚鵡學會了媽媽最常講的幾句話，會適時地回應她。透過那扇窗戶，鸚鵡就像是媽媽聲音的影子。

「後來媽媽過世後，鸚鵡開始拔自己的毛，全身變得光禿禿的。你知道嗎？鳥類聽說是很需要同伴的生物，牠們感知得到夥伴的死亡。」上大學後，M搬出家裡，之後再也沒搬回家過了。某年過年回家，就發現了鸚鵡的消失。鳥屋也被拆得一根木柴也不剩。媽媽的回音終於消散在無人知曉的日常裡。後來，她在手背上刺上鸚鵡。

我想，那時M已經察覺到了我會篩選訪問寫出的內容，因為有時我會做筆記，有時不會。當我把鉛筆放下來的時候，她就會把身子傾前，開始說些有趣的事。

「我告訴你一件事，你不相信也沒關係，也不一定要寫出來。」她用一種即將吐露祕密的起手式說，邊捻熄菸蒂，邊若無其事說：「我有時會做預知夢。」

根據她的描述，這些夢通常都預示了與她親近之人的未來。

最常被她夢見，也最常聽她說這些夢的人，就是她的同居者。在那扇紅色鐵門後面，照得進月光的窗邊矮矮的床上，如果有做夢，早上起來時她就會為那人述說她的夢境。那些夢很狡猾，通常會用很迂迴模糊的模樣顯示命運，就像抽到死神不一定就是會發生壞事。像是有次她夢見男友在草原上玩耍的時候被馬吃掉左手，結果當天就出車禍傷到左手腕。有一次則是夢見她和一隻黑狗參加了一場雨中的葬禮，當時的男友祖母就在週末的雨天中過世了。也許是這些夢讓人有股詛咒般的不祥，這些男人後來都不在她身邊了。

「你有想過不要告訴他們嗎？」我說。

「我當然有想過，但可能是職業病，知道了什麼就想跟對方說。我大概是有了小孩以後會非常寵他們的人吧。」她深吸了一口菸。

「相信你的人有幾個？」我問。

「一個也沒有，所以我才跟你說不信也沒關係啊。」她大笑著。我雖然不意外，但也苦笑了起來。

「是有一個。」笑完以後，她想了想說。「不過我現在也夢不見他了。」

既然她的夢可以預知親密的人的未來，那夢見媽媽呢？M說，她覺得那就只是一個單純的夢而已。那既非託夢，也不是因為特別想念母親，有時她們在夢裡就只是兩人坐在像我們這樣的咖啡桌前，靜靜地看著只有夢裡才會有、顏色美豔的天空發呆。就像她們只是換了一個地方喝下午茶，兩人都沒有說話，也不需要說話。夢就是她與媽媽的語言。然後醒來以後，看不見自己未來的M會替自己抽牌。

「你剛剛說你如果有小孩會非常寵他們，那你有幫自己算過自己會不會有家庭嗎？」

她低頭想了很久，回答：「恐怕是沒那個機緣吧。」我點點頭，按壓手上的套圈圈玩具，果然怎麼樣都很難完成。

一月，冷得要死的天裡，一見面她就問我：「今天是最後一次嗎？」我點頭。「我還沒忘記大學的時程表，說明我還沒老，真是太好了。」她笑。我卻不開心。

那天，她帶我去她家樓下的地獄酒吧。「其實，我也沒進去過。」她在進門前轉過頭來對我笑著說。推開門後，一片紅色的燈光籠罩在整間酒吧裡，進門後，全身都浸泡在這種鮮豔但不刺眼的紅光裡。我大概可以知道為什麼這裡會被叫做「地獄」了。

除了沙發坐位外，酒吧裡有很多立位的小圓桌，我們倚著其中一張開始交談。

「你有收集到你要的資料了嗎？」M問，在這紅光中我發現我看不清楚她的五官。「結果你好像都沒問到關於塔羅的事欸。」

「我回家後有在網路上搜尋塔羅的資料，但發現知道了原理還是好難懂。」我說，即使知道了大阿爾克那、小阿爾克那的區別、查詢了錢幣、寶劍、聖杯與權杖的意思，要將所有的寓意都背起來並應用在實際的占卜裡還是讓我感到困難。

「你需要練習，算牌一定要練習才會熟練的。或者你也可以付錢請我教你喔。」

「你還會再來花蓮嗎？我是說來擺攤之類的。」

「如果有機會的話，當然會啊。」

「會想來花蓮住嗎？」我問，感到手心有點冒汗。

M看著我笑，我總覺得她隨時都能看穿我的想法。「我很喜歡花蓮，但現在時候還未到。」

這時，後方的沙發區爆出了一陣大笑與躁動。「看來這裡不太適合聊天，我們先出去吧。」M說。

出了店裡，M又點了一根菸。

「你是什麼時候開始抽菸的？」我問。

「二十五歲失戀過後。就是和那個相信我有預知夢的前男友分手後，我才抽菸的。」她說，吐出了一口煙。我發現M現在對我有問必答，我們已經有了這樣的默契，可以無話不談。

「走吧。」她將菸蒂收到隨身菸盒後，轉身又往地獄的方向走。當我感到疑惑時，她走向了店旁的鐵門。

「上樓來，我幫你免費算一次牌。」

M的房間跟她的人很相襯，東西雖然很多，但都有規律的擺設著。只要站在門口，幾乎就能對房裡所有的東西一目了然，床鋪、飄搖的窗簾、廁所內的藍色馬桶。她示意我到窗前一塊漂亮的波斯地毯上坐下，我想那裡就是她本來規畫要作為塔羅工作室的區域。

「你還記得你上次的問題是什麼嗎？」她問。我上次給她算牌是在夏天海邊的市集，那時我問她，我之前因遠距離而分手的前女友是不是還喜歡著我。但現在想想，我竟然一點也不在意這個問題了。

「記得。」

「那這次就別問那個問題了吧。你有什麼想要問的。」她說，一邊洗著牌。她牌卡上的曼陀羅花紋依然繁複美麗。

「我想問我喜歡的人是不是也喜歡我。」我說。

「總是跟戀愛有關。」她笑。「那我抽一張就好了？」

我點點頭。通常她會抽三張牌，代表事件的過去、現在、未來。她選擇抽一張牌，就表示她認為可以以一種狀態來回答這個問題。

「在心裡想著你的問題，你覺得要停的時候就跟我說。」她規律且熟練的切著手上的牌，端坐有如菩薩。整間屋子只有牌卡互相搓磨的聲音。

「停。」我一說，M便停了下來，指著牌堆頂端的卡，用眼神詢問我，我點頭。

她用左手俐落的掀起，將牌放在我面前，是命運之輪。

「這是我最喜歡的牌之一。」她說，然後沉默良久，我也沒說話，靜靜等待。

「總會有人喜歡上你的。」沒有任何對這張牌的解釋，M只這麼說。

後來，她送我下樓。走著長長的樓梯向下時，就好像一步步從夢裡回到現實。我們在路燈下分別前，我問她：「如果塔羅算出的結果是不好的該怎麼辦？」「其實塔羅的概念與易經很像，並沒有所謂的好或不好，那僅僅是顯示出一種狀態。而就算算出來的結果不理想，你的未來仍是屬於自己的，你擁有改變的權利。」她說，然後看著遠方，好像想起了什麼似的笑。「畢竟，那跟我的夢不一樣。」

後來，我們又在路燈下聊了一會，期間抬頭看了看夜空，我什麼也沒看到，M卻覺得那晚的夜空很美。我不知道那時她是不是就看見了什麼我無法知道的事，包含我們第一次相遇的市集，在隔年便停辦了。包含我到了她這個年紀時，才會得知套圈圈遊戲的目的，並不在於將所有圈圈都套上才算完成。

今天早上，在回花蓮的火車上我看著窗外，當海在某個隧道的盡頭出現時，我才想起我忘了問她，為什麼要使用M作為她的別名？後來回家查了金剛鸚鵡的資料才發現，金剛鸚鵡的英文是Macaw。M的智慧與美麗，確實就和一隻金剛鸚鵡一樣地鮮明。M是神祕學的M，是海洋的M，是瑪利亞的M，是賢者的M，是母性的M。

而明天就要交作業了，但我現在只能寫出上面這些事，也不知道之後是不是只能寫出這些。我只知道現在夜已經深了，接近我每次與M分別的時間。那麼，我也該睡下了。

我一直想著，直到我入睡前都還想著，腦海的聲音像條夜河一直靜靜地流。我想著今晚入睡後我會不會做夢，而M今天有沒有可能夢到我？

夢的分享會

當阿璁跟我說這件事時，我剛好看見一棟大樓頂端在初晚亮起了一些燈，熾白的，很遙遠的，像一群星星剛從世界出現的樣子。大概是這樣的不真實的氣氛，我一開始以為他要跟我說的是一個鬼故事，或者都市傳說，總之感覺像一件發生在別人身上的、很遙遠的事。但他說這是真的。

「房子的隔音太差不能怪我，要怪房東阿姨，還有房東叔叔，還有把這棟房子留下來的房東阿姨的媽媽。」阿璁點根菸，他最近改抽寶亨三號涼菸，每隔一陣子，我就會看到他換新的菸抽。

「總之，隔壁房在做什麼我都聽得一清二楚，我猜隔壁對我也是這樣，但反正我很安靜，就無所謂。」

「那如果隔壁住情侶，打炮的時候你不就會聽到嗎？」我問，冬季的冷空氣也讓我嘴裡吐出白色的煙。

「聽得一清二楚啊，媽的。上一個就是住一對情侶，每次都叫得跟什麼一樣，還會 dirty talk，幸好住了半年就搬走了。」

此時，外頭非常寒冷，我們在路邊還可以聽見餐廳裡大家嬉鬧的聲音。今天是我們高中的同學會，在食物上來前，我就在喧譁的人群中看見阿璁細長的手指，像某種不安的小動物，放在桌上的右手不斷摳著左手中指。主餐吃完後，大家又陷入緬懷過去的回憶接龍，阿璁說要去外面抽菸，我就陪他出來。

「總之，後來我隔壁搬進了一個女生。」他說完後，把菸蒂彈到地上，弧度有如一顆殞落的星星。

「然後呢？」我替他用腳尖把菸蒂捻熄。

「然後……我不知道該怎麼講。她滿奇怪的，也滿正常的。很晚睡，因為我偶爾會聽見她在放音樂，但不是會讓人生氣的那種吵鬧音樂。除此之外她很安靜，跟我一樣。」阿璁說完以後靜默了下來，像話說到一半按了暫停鍵，沉默地盯著車來車往的馬路上。

我感覺得到他想繼續談這個女生的事，但不知道怎麼接續下去。應該說，不知從何開始。

之所以會陪阿璁出來，是因為我跟他是從高中到現在都還有在聯繫的朋友，而且在今天有來的同學中，現在沒有正職工作的就只有我跟他而已。阿璁現在還在臺北念研究所，我幾年前跟朋友一起創業開了間咖啡廳，後來店經營不善收掉了，就離開臺北回南部故鄉做各種工地兼職，日子還算過得去。

我跟主辦這場同學會的女生擁有能聊上幾句的熟度，因此在所有人到之前她有跟我小聊一下，她告訴我她精心安排了一場重頭戲——將大家在高三時寫的作文〈十年後的我〉從國文老師那裡要了過來，打算在大家面前一一念出。

我看著她，她嘴角大開地笑，像棵聖誕樹一樣歡樂，包含那些精緻但略顯老氣的妝，剪裁大方的連身裙和小飾品，想必她現在一定過著夢想中的生活吧。要我聽到自己十年前的作文，我寧可就地死亡。陪阿璁出來讓冷風吹，絕對是更好的選擇。

在這個時候阿璁做出了另一個提議。

「你覺得我們直接走人怎麼樣？」

「你是認真的嗎？」我本來以為他在開玩笑，但仔細想想，為什麼不行呢？

「對啊，你現在去把你的包包跟外套拿出來。」

「那你的呢？」

「我什麼都沒帶啊，就直接這樣來。」

我假裝自然地走入店裡，跟座位附近的人說要去買菸。沒人發現我根本不抽菸，他們只朝我快速點點頭就繼續聊天了。我邊走邊穿上外套，從店裡的大片玻璃窗外看見阿璁對我釋出勝利的眼神。他一直是那種勇敢於破壞規矩，又樂於帶壞別人的人。

吃飯的餐廳沒有在高中母校附近，卻在當時我們人人都想進入的大學旁邊。阿璁跟我都沒考上這間大學，即使他非常聰明，但他的大學離這裡不遠。他提議我們去一間他覺得很不錯的酒吧坐著聊，但他忘了那間店在哪、叫什麼名字，只記得只要一直沿著羅斯福路走就會到，因為有天他在沒有任何交通工具的狀況下就是這樣到那裡的，僅靠他一雙腳。於是我們兩個就這樣沿著這條大路走。傳說我們高中同學中就有一個人家住在羅斯福路上，我們的路途上，每看到一棟堂皇大樓就懷疑是那位同學家的。

路上的燈與街上的車光亮不斷飛過與交錯，大概是因為濕氣，我總覺得這些光都傳的很遠，像揮動的仙女棒一樣綻開又留下殘像，頗有現在很流行的賽博龐克感。我發現，我跟阿璁比起其他同年的人，對現在年輕人的流行更加了解，也許是我們還沒長大的關係吧。

阿璁的房間，據他所說是個神奇的房間。但我想，對每個人來說，自己的房間都是特別的。

我和每個人一樣，在畢業上了大學後，一開始還會跟高中的好朋友聯繫，會在電話中說說自己的大學生活如何、到了其所在的縣市會約出來吃飯，跟阿璁也是如此。說實話，我們兩人的個性差很多，他總是很不正經，脾氣也不好，我是相對老實沉默的那款，如果我們沒有像高中時那樣天天在一起，肯定是沒辦法那麼要好的吧。我曾這麼想著。

果不其然，上大學過了一陣子以後，這樣的聯繫就斷掉了。並不是像拉緊後的橡皮筋那樣斷掉，而是像被土壤慢慢吸收的蚯蚓屍體那樣，漸漸不見。時間一久，當我以為我們即將變得趨近毫無關係的時候，他又會突然來聯絡我。這樣的模式大約每隔一兩年循環一次，就算他不找我，我也會因為剛好要上臺北而想起他。我想，關係這種東西也許永遠不會有完全消失的一天。

上次我去他那間房間時，他和第三任女朋友同居中。當時他女友回老家不在，我去那裡借住，那是個日曬充足的房間，房裡堆放了許多女孩子的衣物與玩偶。

「只有她不在我才能偷抽菸啦。」阿璁邊說邊在窗邊點起七星藍莓五號，白日的煙霧暈染著窗臺的小仙人掌與粉紅花朵圖案窗簾，有股莫內感。我在些微的光中躺著，他們的床鋪上，有一股說不上來的甜膩氣味。

去年春天，大概隔了四年再見到阿璁的時候，他說他們已經分手了。他們總共交往了六年。而他還一直住在那個房間裡。之後我每次見到他，他都在抽菸。

「你的更新還沒錯，我現在交過的女朋友還是三個。」他吐煙。「啊你呢？有沒有交女朋友或男朋友？」

「沒有啊，還是母胎單身。」

「怎麼可能？」

「怎麼不可能？」

「你都沒有喜歡的人嗎？」

不知為何聽到這句話我有點生氣。「又不是我喜歡誰他就會喜歡我，喜歡我的人我也不一定喜歡啊，又不是我想怎樣就能怎樣，感情這種東西，也是要看機緣的吧？」

「唉……你說的對。」阿璁好像感覺到了什麼，低著頭說，感覺像在看自己的影子。

我們已經走了一陣了，但酒吧還沒出現在眼前。每逢岔路我就會往裡面望一望，沒看見酒吧倒是看見了一些不錯的咖啡廳。有些亮著白旗一樣顯明的招牌，有些已經熄掉燈火休息了。

阿璁像是忍不住劇透朋友漫畫劇情的小朋友一樣，開始在路上對我說起關於他鄰居的事。

「那個女生，說實話我從沒看過她本人。大概是我們出門時間都錯開吧，反正我就只有聽過她自己在房間裡唱歌，還有她生活中的其他聲音。不過從某天開始她會在房間裡說話。我本來以為是講電話，後來發現不是。她在跟別人線上開會。不知道是視訊還是只有聲音，但我很確定那是一個分享座談會。但這個會有點特別，他們在分享彼此的夢。」

接下來的話，都是混合在風裡面說的。阿璁的聲音感覺像是快壞了的收音機（被臺北冬季的冷風吹壞），沙沙嘶嘶且斷斷續續地說著以下這個故事：

我知道幾件事：這個分享會包含我的鄰居有五個人，每個星期五晚上，他們會在大約八點的時候開始分享會。一開始，他們會打打招呼，閒聊一下。我猜成員應該都是固定的，但他們從不稱呼彼此的真名，大家都是用動物來做為代稱，而帶領他們的老師，我猜應該就是那個叫鸚鵡的人。而我的鄰居，她的代稱叫鱷龜。我怎麼也想不到為什麼一個年輕女孩會用這麼冷門的動物當別名。

但說實話，如果我在外面的世界遇到了她，只要她一開口，我一定會立刻認出她的。她的聲音很特別，是很深沉的嗓音，但不像男人那樣粗獷，有著柔和跟醇厚的特質，但也因為這樣有時她說話太快聲音會攪和在一起，像杯濃巧克力一樣，話都捲進了漩渦裡讓人聽不懂。

後來，我上網查了一下，鱷龜是一種行動緩慢，但具攻擊性又可以存活很久的生物，我突然覺得這是個很棒的動物。

其他人還有蝴蝶，一個聲音清脆的年輕男性。狗狗，從聲音聽不出年齡，但感覺很沉穩的女性。海豚，是感覺年紀最大的一個男性，但經常缺席。其中最常哭的是狗狗，有時說著她的夢，說到跟現實有關的地方就會哽咽。這時所有人會安靜下來等她平息。再來是蝴蝶，但他從不出現啜泣之類的聲音，總是在很關鍵的地方停下，然後全然的安靜，這時大家也都會如同夜中的動物一樣靜默，毫無聲息。

我猜隔壁房間跟我的房間配置是左右相反的，我們的書桌僅隔了一道牆靠在一起，所以我才能聽的那麼清楚。一開始我只是偶然發現這件事，然後跟著偷聽了一下。不知不覺，每個星期五那段時間我都會空下來坐在家裡的書桌前，隔著牆跟他們一起開這場夢境分享會。

我對那個女孩的聲音，從完全不認識到相當熟識。她相當溫柔，提出對夢的疑問時也很委婉，在大家講話都很乾的時候會笑出聲來。對於分享會的每個人，我也都有些了解了。他們的談話幾乎都是輕鬆愉快的，有時我還要小心不要在有人搞笑時跟著一起笑。

我覺得最好的一點是，他們從不評斷一個人的夢是好是壞。就只是分享。鸚鵡會請大家按順序說夢，一個人說完夢以後，會說一些他認為這個夢跟他現實的連結是什麼。接著鸚鵡會請大家靜默幾分鐘，好好想想剛剛的夢帶給自己什麼感覺。那幾分鐘過了以後，就會像催眠解除一樣，大家又開始說話聊天，然後進行到下一個人。在我的想像裡面，他們就好像圍成一圈坐在一間黑暗的房間裡，如同連通的電路一樣，思緒會在這個圓圈中跑著繞著，但非常祥和。就像這些電流只是為了帶來一些光亮而點起一顆纖白的小小燈泡，而不是要供給所有人的能量運作。

某個星期五，我一樣湊到了牆邊去聽她的聲音，卻發現沒聲沒息。之後的星期五也是。夢的朗讀分享會，在我不知道的時候悄悄結束了。

即使如此，我還是沒見過她的樣子。有時我出門時，穿鞋總是穿得特別遲緩，我很希望在我低頭穿鞋時隔壁能走來一雙腳，讓我知道她不是幽靈，讓我知道那段期間並不是假的。

故事結束後，我望著阿璁的側臉好一會兒，我們還是持續著腳步。這時剛好經過一片玫瑰花園，他的側臉襯在夜裡鮮紅粉紅的叢花裡，與這個故事一樣魔幻。

「這是真的嗎？」基於阿璁有時很愛騙人的習性，我必須跟他確認一下。

「真的啊。」他轉過來認真看著我。

「那真的是一件有點奇妙的事。」我問：「所以你聽了每個人的夢嗎？」

「雖然有點缺德，不過是的。說實話，這個活動比我想像中有趣很多，大家的夢都很有意義。到了後來你會發現，所有人最深的祕密都藏在夢裡面。」

「那你的鄰居的祕密是什麼？」

「這……這不能說吧。」

「我又不認識她，有關係嗎？」

「不行。」他又轉過頭去點菸了。「但我可以告訴你我的祕密，就是我偷偷把房東太太的煙霧警報器拆掉了，好讓我可以在房間抽菸。」

「你總有一天會被燒死。」我說，又確認了一次。「你真的從沒見過那個女生嗎？」依照阿璁的個性，他應該會很好奇的。
他沒看我，搖搖頭。
「你也沒想過加入他們嗎？」我問，感覺這是很適合壓抑的人參加的活動。
「就算我想也沒辦法啊，我根本不會做夢。」
「咦？完全不會嗎？」
「也許會吧，反正我醒來後一點也不記得了。」

從高中開始阿璁就說過，他結婚的時候一定會請我當伴郎。從那時開始，我就一直準備著婚禮上的致詞。每過一段時間，我就會把記著致詞的筆記本拿出來修改一番，隨著時間的遷移，我想說的話也不斷地在變動。他跟那個交往六年的女朋友分手後，我就再也沒聽他提過關於結婚的任何事，但我還是依然在準備著。
而我也知道他第一個擁有這樣幻想的人是誰。高中時我們都是超自然研究社的，我們會加入的原因，是因為社團裡有個讓人非常憧憬的學姊。

現在想想，對我來說那個學姊是偏向於愛慕的對象，但阿璁應該比較傾向於迷戀。學姊總是考全校第一名，一頭炭筆濃的長髮，有氣質卻很好親近，喜歡稀奇古怪的事情（仔細想想，他後來喜歡的女生都是這樣類型的）。之後，學姊考上了號稱全臺第一志願的大學，從來沒有再回到社辦來看我們。而其他學長姊升上高年級後就不參加社團了，社員只剩我們兩人。因此後來那間社辦我們幾乎不會去，社團時間就到籃球社去打球。我有次經過時，從玻璃窗望進那間未開燈的空盪小房間，櫃子上那些關於外星人、預知夢、鬼故事等等的書籍浸泡在陰影裡，空氣中的灰塵與無息濃厚地鋪蓋著，好像真的在那裡聚集出了一個幽靈。

只有一次的夜晚，我們突然想到那裡去。

那晚阿璁找我一起到他家附近的公園聊天散步，我到了以後他卻不怎麼說話，他心情不好時總是這樣，要不是都不講話就是拚命說話。突然他走進雜貨店裡，拿了兩手啤酒出來。

我們兩個都喝茫了，但阿璁喝的比較多又比較醉。兩個人幾乎是快躺在公園的草皮上睡著了。附近出來遛狗的婦人由上往下看著我們，一臉疑惑的快速繞過，而跟她一起的瑪爾濟斯卻對我們非常感興趣，興奮的想奔過來。

「狗狗來！」阿璁笑了。我突然覺得很放心，也開始笑了。

我忘記是什麼理由了，總之阿璁突然說想換個地方喝，到個沒人的地方。我們唯一想到的，就是超自然研究社的社辦。但我們兩個都是茫暈狀態，只有一臺阿璁從家裡騎來的機車，而且只有一頂安全帽。

最後決定讓微醺的阿璁載著我過去，雖然我比較清醒，但只有阿璁有駕照，被抓到起碼可以少罰一筆。說實話，一開始我很害怕，因為阿璁起步時搖搖晃晃的，好不容易抓到平衡以後，他開始加速飆車。

「喂喂！騎慢一點啊！」沒戴安全帽的我在後座緊張地喊。

「我聽不到啦！」阿璁說，又突然戳破自己謊話地改口：「沒事啦！我們不會出事的！」他的聲音在強風中像隔了泡膜一樣，他也沒戴安全帽。

阿璁從小路轉個彎，到了羅斯福路上，在偌大的馬路上，被速度拉長的街燈像一些流星經過我身邊，場景很熟悉，很像以前我在天文館坐上太空探險的模擬太空艙，要衝出大氣層前往宇宙時的感覺。突然，我一點也不害怕了。在風中，我覺得五感清明，在阿璁的後座看著所有景象進入我眼裡，有股莫名的興奮感，就像我們真的即將穿越時空，而現在就是那絕無僅有的永恆。

兩個各種違規的青少年在深夜的羅斯福路上狂飆，沒人知道為什麼沒警察把我們抓下來。也許當時我們成了另一種型態，像是幽靈，或某種突破時間與空間的存在。當時，我是這麼深信的。

最後，我們還是沒有進入到社辦裡，因為我們都忘了帶社辦鑰匙。

「我覺得你差不多該跟我說實話了。」我說。即使已經不算早了，羅斯福路上車子依然很多。

「說什麼？」

我盯著阿璁良久，先充分的接收他眼神裡的心虛與逞強。「其實你根本忘記了那間酒吧在哪裡，對不對？」我相信，等等我打開手機的計步器就會發現今天是我這個月走最多路的一天，但我們還是沒走到那間酒吧。

「啊，也許再走一下就會到吧。」

「再走一下是多久？」

「就是再一下——唉，你不能那麼急啊，通常都是你不經意的時候就會走到了。」他說完這句話後，又閃現了心虛的眼神。

我們兩個不約而同地沉默起來。這句話我們肯定聽過。很多人包含我們自己，都說過再撐一下就會變好。

聽說，在阿璁的前女友找到正職工作後沒多久，就跟他提了分手了。他女朋友等他研究所畢業等了太久。我的咖啡廳倒掉之後，本來在裡面工作的、喜歡很久的女孩子也不見了。或許我跟阿璁會一直擁有聯繫，只是單純因為我們很相似罷了。

「啊，這裡。」阿璁突然轉了個彎，走進一條小路。我心想終於到了。

走著走著，我發現這條路上幾乎都是住宅，不像有店的樣子。過了一下，一條河出現在視野中。

「很久沒來了吧。」阿璁對著我燦笑。我仔細地看看周圍，才發現這是我們高中時喝酒的那個公園。它變得跟印象中很不一樣，鋪了新的白色石子路，換了漂亮的路燈與長椅，還多了一座小水池，但那條河還在。

就連之前的那間雜貨店也還在，外觀幾乎沒有改變。阿璁走了進去，拿了兩瓶啤酒出來。他找了張長椅，我們坐了下來，面對河堤。這個位子上方的路燈剛好壞了，所以我們幾乎是坐在闇影裡。黑暗中，眼睛根本看不見眼前的景色，但阿璁還是直直地盯著前方。

我愣愣地坐著，還在適應變了太多的公園與河邊濕冰的空氣。我有很多話想問。包含那間酒吧到底在哪？所以我們不去了嗎？為什麼我們就這樣坐了下來？那個夢境分享會的女孩做了什麼夢？她真的存在嗎？會不會那只是太想念前女友產生的幻覺？你真的不會做夢嗎？這些年來都沒有？這些年來，我們到底活得快不快樂？還要繼續這樣多久呢？

「要我說實話也是可以。」阿璁點了根菸後突然開口。「其實我會做夢的，這是別人跟我說的。」

我轉頭看向他的側臉，黑暗中一顆火流星從他嘴唇旁抖落。

「其實我跟我前女友分手之後，不是一直一個人住啦。」阿璁頓了一下，他又變回壞掉的收音機了。「前陣子我認識了一個女生，是同學校的學妹。一開始認識的時候我對她真的一點心動的感覺都沒有，但有一次……唉，太複雜了。總之，後來我們變得很要好，她常會來我的房間，我有時候也會留她下來過夜，不知不覺我們就有點類似在同居，應該持續了一兩個月有吧。有天她跟我說，我會說夢話，雖然我一點印象也沒有。每隔兩三天，我們中午或快下午起床的時候她就會把我的夢話告訴我，試圖替我還原我的夢，那些夢話每次都荒謬到很好笑，真的。（他這時笑了一下，是我今晚看過他最開心的表情）好像睡前故事的相反，是睡醒故事。但某天開始，她就不再跟我說我的夢話了。」

「為什麼？」我趁他吸菸停止說話的空檔問。

「我不知道……我猜是我在夢裡說了什麼傷人的話吧。反正她不說我就永遠不知道。之後我們吵了一架，她就不再來我的房間了。」

「是為什麼吵架？」

「我不知道。現在想起來，應該是一件小到不行的事。但因為我們那時候情緒都很差，所以吵得很兇。總之，她後來就消失了。連一通電話、一點訊息都沒有的那種消失，像……」

「像夢一樣？」

阿璁什麼也沒說，點點頭。他感覺喝了很多，即使他手中只有一瓶啤酒。

「但說實話，我好像是從跟前女友分手後就不會再做夢了欸，真的。以前我會做好多有趣的夢的，要是我還記得我一定會參加那個夢境分享會，真的。我就叫……欸，你覺得我要叫什麼動物？」

「不知道……有什麼動物是很會說謊的？」

「幹。」阿璁罵道。「喔有，鱷龜。我記得鱷龜捕食的時候，會用舌頭誘騙魚類。」

「哇，那真是太適合你了。」

「可不是嗎。」

阿璁開始吐了，不是生理上的那個吐，我很懷疑，眼前這條河裡的水似乎變成了酒跑到他的酒瓶裡，而他喝了酒後，又對著河吐露。

「說真的，我覺得我很奇怪。我以為跟前女友分手以後我就不會再那麼難過了，哪還會有比那時還慘的時候？但那個女生走的時候我好難過喔。我本來也以為我不會再那麼快樂了，結果跟她在一起的時候也很快樂。我怎麼，這麼爛啊。」他灌了一口酒，一些河水回到他身體裡。「總之之後，我就開始催眠自己，總有一天我就不會再在意這段關係跟這個人了，就算沒有了誰誰誰，我還是可以活著，就像現在的我。一直一直這樣催眠自己。但是，不管怎麼想，現在還是很難過啊。」阿璁說完，吸了一口很大的菸，就像是希望自己立刻得到肺癌那樣。

我沉默了。我總是很不會安慰人。我經常害怕話語這種東西，所以才會變得那麼少話吧。這時候我該說什麼呢？我想說其實自從我的店倒了以後我也再也沒做過夢了，想說其實高中時我也非常喜歡那位學姊，想說我後來也愛上了別人，但有時那人連碰觸的機會都沒有就消失了。但這些話說出來並沒有用，它們不會回到河裡，只會在我們之間形成一灘積水。

為什麼我明明知道進到他房間的那個女孩就是鱷龜，卻不敢拆穿阿璁呢？也許，我自己也害怕揭露某件事情的那瞬間。

我突然想起很久以前，我曾經做過一個夢。那時我的咖啡廳還在，我還把這個夢當作話題，開口向在咖啡廳上早班的那個女孩搭話。夢裡我一直在打開各個房間的門，每個房間都長得不同，有的打開是個一片鮮紅的小空間，有的打開是流著大川的草原，多到令人記不得。但我記得我最後待的房間，裡頭一片黑暗，卻讓人很安心，我想像個靈魂一樣漂浮在裡面。當我在全然的黑裡躺下後，一些微弱的光點像曬進黑紗裡的陽光那樣出現，我覺得非常平和。

說完這個夢後，那個女孩回答什麼，我已經不記得了。但我記得她笑了，如玫瑰一樣笑了。

阿璁的菸抽盡了。他把捻熄的菸屁股夾在手指上。他看著地上，臉上沒有火光了。

我將視線轉回河面，久了以後，我發現我可以看見河面上一條條流動的銀色閃光了。只要眼睛適應黑暗久了，就能看見水流。沒有一道水閃跟前一秒看見的是相同的，時間跟言語都是一樣。

這是一段我本來想在婚禮上說的致詞。

「你記得你高中時寫的作文，說了自己十年後要做什麼嗎？」我問。

「誰記得啊，可能寫了老師或警察這種大家會覺得了不起的職業吧。」

「我記得我寫了什麼，我想開一間咖啡廳，但它已經倒了。」

阿璁沉默著，我轉過頭看他，單純的悲傷浮在他臉上。

「我覺得，搞不好你根本就不用這麼難過。」我說，阿璁猛然轉過頭看我。

「從某個角度來看，也許你並沒有失去那些東西。你還記得我們高中有一次，你喝醉酒還沒戴安全帽載著我要去社辦嗎？」

「你也喝醉啊，沒辦法。」

「我知道，但你記得那次對吧？」

阿璁點點頭。

「我那時候想過，要是你就這樣載著我然後出了車禍，我飛出去，死了或變成植物人，那我的一生就這樣毀了。但我又覺得，那一刻好爽，我是說你載著我，我們在沒人的路上飆車的時候。就算我死了，這一刻也會存在著，它確實發生過。你想喔，人類的時間是直線進行的，但如果不這麼想呢？如果我們能以片段狀的方式去看待時間，那我們的人生就會像一本漫畫一樣，它會一直更新，但我們可以回去翻開某些頁數，所有時間就是同時存在的。也就是說，每一刻都是永恆。」

阿璁認真地想了想後，搖搖頭。「太難懂了。」

「不然……你可以把它想成是虎皮蛋糕捲。」

「啥？」

「你沒吃過嗎？就是外面有一層老虎花紋的皮，裡面是巧克力口味的蛋糕啊。如果把我們的人生看成是一條很長很長的虎皮蛋糕，那我們就可以把它切片，拿起自己最喜歡的部分，但其實每一塊蛋糕都是一樣的。」

「但是你把它吃掉就沒了？」

「欸，對欸……但是，我們也許可以這麼想……吃下去以後，那就是你的一部分了。」我試著解釋，阿璁無語地看著我。「好吧，也許這不是一個好的比喻。」我嘆氣。

「沒關係的，兄弟。我懂。」阿璁一邊說，一邊仰望著夜空。

「我們的人生是會一直延長的虎皮蛋糕……」他喃喃地說。

「對。」我又想了想，覺得自己好像也醉了。「我只是想說，我們所珍愛的，但現在不在身邊的東西，可以是永恆的。」

「我懂的，兄弟，我都懂。」阿璁說著，笑了一下。我突然又覺得可以放心了。他站起來向前走，躺在也許還是十年前的那片草地上，看著天空。

「我會不會就這樣死掉啊？」阿璁說。聽到這句話後，我也走過去，到他旁邊躺下。

「不會的。我們都不會。」

地上的草比想像中冰冷，草的邊緣刮著我的臉，讓我的腦袋異常清醒，感覺鮮明到夜空中的星星在眼中都變得相當清晰可見，我甚至覺得自己真的看見了一顆流星，但我忘了許願，我也忘了這裡是臺北。

流星消失後，又有一個永恆被留了下來，我心想。我突然想起，阿璁與我喝醉酒騎著機車前往學校的那天。那時我在後座被迎面的強風吹過時，感覺到自己獲得了一種一生只能得到一次的那個東西。是不是因為當時我們預支了太多前進的速度，所以現在才會如此停滯不前呢？但我想，也許停滯也是一種速度吧。

我閉上了眼睛，眼瞼內的黑把我帶進一個不屬於任何地方的空間裡，從河面上吹來的風，讓我暫時像死去一樣地平靜。

到最後，我們還是沒有去到那間酒吧。或許那間酒吧只存在於阿璁的夢裡，只是他忘記自己已經醒了。

打開久未看的手機，同學們分別傳了許多訊息跟電話來，最後停在他們要去哪裡續攤，要我們看到後也一起來的訊息。我跟阿璁看完手機後互換一個感到罪惡感的笑，最後還是決定各自回家。

再回到羅斯福路後，我們走去搭捷運。在隨著手扶梯的下沉進入捷運站時，一股悶暖的空氣將我們與外面的冷風隔開，我知道，今天已經結束了。走的時候，阿璁沒多說什麼，沒說下次什麼時候見，沒說什麼期許與祝福未來的話，連再見都是邊轉身邊說的。

我看了阿璁的背影兩秒，也轉身走了。我想著高中同學會的大家，這時候也許已經續攤完，一群人喝得醉醺醺依依不捨地抱著，說著接下來的十年也要繼續聯絡，在冬天裡感受人暖呼呼的溫度。但我覺得我跟阿璁這樣的離別沒什麼不好。也許該說這樣比較好。無論如何，大家都是在不停地旋轉與輪迴。蚯蚓並不會真正死去，跟河水、菸上的火，還有那場夢的分享會是一樣的。

然而讓我很不能相信的是，那天晚上回家後，我做了一個久違的夢。

夢裡我來到了一個四周都是灰色的房間，我跟一群人坐成一圈，就像阿璁所想像的夢境分享會一樣的場景。但每個人都戴著面具，我看不見他們的臉。我已經想不起他們所說的夢的內容，我只記得輪到我說時，一個戴烏龜面具的女孩溫和地打斷了我，用手指向一扇門，示意我進去。

我打開門，裡頭是個純白的明亮房間，房裡有一個女孩子背對著我坐著。不知為何，我一點莫名其妙的感覺都沒有，彷彿她是我認識已久的一個人。

我沒看見她的臉，但直覺她跟我們高中那個美麗的學妹應該長得很相似，只是我知道那不是她。她穿著白色蕾絲洋裝，端端地坐在一張有雕花的溫莎椅上，身邊有張長得一樣的椅子，我跟她一起坐下。

風非常的好，從窗戶輕輕撲來，穿著全身西裝的我覺得很涼爽。

我等一下，也許是醒來後，就要去參加阿璁的婚禮了。我在夢中一直有這樣的感覺。因此，我一直想著等等致詞要說些什麼，手心一直冒汗。旁邊的女孩大概也會去，但她一點也不緊張的樣子，我瞄了她一眼，看見她交疊在膝上的手掌、挽起來的鬈髮髮梢，還有嘴角。她微微笑著。看到她笑，我又覺得不再緊張了。

等過一下下的現在，就會有人來叫我上臺，然後我會被如星的燈光包圍，產生生命中令人難忘的一刻。

就是現在，就是現在，就是永遠。

後記

「愛我的未來小狗／在海岬的一棟房子露臺上搖尾巴／到能見到的那天為止／我每天都堅持不懈地寫日記」

——〈未來的小狗〉谷川俊太郎

開始寫這篇後記時，適逢我媽媽六週年的忌日。我從淡水的住處，回到溫暖潮濕的臺南海邊老家。確實，與我媽媽交代完後，這本書也算是正式完成了。因為這本書的第一篇作品寫於我就讀東華研究所的那年，那也是媽媽過世的那一年。

關於後記要寫什麼，我思考跟真正下筆的時間大概是九比一。在出版前，編輯跟我說：「其實，如果問我這是本跟什麼有關的小說，我覺得我答不出來。」我說：「我也是。」如果為這本書列出關鍵字，那會是夢、女性、海、現實與虛幻的邊界、活著的焦慮等等。

當然，最重要的還是夢。

這本小說集中，有幾篇是直接以我的夢改編而成的。我很幸運，在醒來後經常完整記得夢的內容，在夢中，我經歷的冒險或故事總是很精采，甚至許多都比我所發想的小說還要迷人、還具有符號與意義。

之前我曾聽人說過，寫作的功用之一，就是你可以在文學中完成現實做不到的事情。我想夢也是一樣的。在我媽媽過世後，我經常夢見她。我覺得那並不是託夢，我也不想從心理或科學理論去解釋這些夢境，就僅僅是覺得在夢中與媽媽一起兜風、坐在客廳看電視、看海的時間非常快樂而已。雖然，現在我越來越少夢見她了。

但最重要的是，活下去。活下去就能繼續做夢。

我曾聽過一種說法，就是運氣是會轉移的。當你遇到一件倒楣的事，另一件事情就會發展得很順利。我是一個超級倒楣鬼，因此當我遇到不如意的事時，我是這麼相信的。

也許是運勢與性格的養成環環相扣，倒楣的天性讓我從小到大都很自卑，同時又依賴直覺，因為既然都躲不過，不如就照著自己心裡所想的去做。寫作就是這樣開始的。後來我發現，寫小說就像是在創造自己可以控制的夢。再後來，我發現寫作是建構自己的方法。有沒有這麼誇張不知道，但我想我寫小說是為了讓我喜歡上自己。

之後，為了認真寫作，我進了東華念華文所。看似浪漫且追夢的選擇，換到的是超乎現實的苦難生活。是的，不論順利與否，創作無論如何都是痛苦的。在那期間，並沒有發生什麼戲劇性或強大的打擊，也不一定是實質上發生了什麼壞事，而是某些微小事物的堆積與剎那的領悟，讓人進入幻滅與成長的循環。後來我發現，這是因為我們用來寫作的這顆心，與生活、感到開心與悲傷的心是同一個。文學性跟人性不是無比貼近嗎？

如果好與壞的感受可以量化，截至目前為止，我想我所遇過的壞事多過於好事。甚至，我願意用所有去換回所失去的某些東西，但那已經不可能了。那麼，那個「運氣互補說」是在唬爛嗎？那些沒有回來的到哪裡去了？在文學裡吧，我想。那些失去的事物會在我往後的文字裡出現，它們終究不是白白發生的。這麼說來，其實好與壞的感受到了最後並沒有分別，它們都只是一種過程。

總而言之，活到了現在，我覺得讀文學的自己是幸福的。尤其是在東華念文學。在山與海之中被放大的感官，讓許多文本與人生體會交融著。我們在解讀文本時，學習的是為何這個人物會有這樣的動機、這樣的詞句為何讓人覺得神往。我們體驗越多的同時，就離文學越近，就離寫作越近。

最重要的是，活下去。活下去就能繼續寫作。

最後，還是要進入雖然老套但不可省略的感謝環節。特別謝謝在東華大學念研究所時，對我有所啟發的老師：我的指導教授張寶云老師、李依倩老師、吳明益老師與游宗蓉老師。謝謝曾鼓勵過我的前輩：侯建州老師、謝旺霖老師、任明信老師、林達陽老師與陳夏民老師。萬分感謝陳雨航老師為我撰序，並在某次文學獎看見了我。感謝我喜歡的漫畫家丁柏晏幫我繪製封面。感謝我的編輯與木馬出版社。謝謝我的同事：唐青古物商行的夥伴們給予我支持與快樂。謝謝在文學路上遇見的每個朋友。謝謝阿橙。謝謝海邊小屋的姊妹，謝謝爸爸，最後謝謝媽媽，沒有她就沒有這一切。

可能性之海

作　　者──謝瑜真
封面繪者──丁柏晏
副 社 長──陳瀅如
總 編 輯──戴偉傑
主　　編──何冠龍
行　　銷──陳雅雯、趙鴻祐
內頁排版──立全電腦排版
封面設計──BERT
校　　對──魏秋綢

出　　版──木馬文化事業股份有限公司
發　　行──遠足文化事業股份有限公司(讀書共和國出版集團)
地　　址──231新北市新店區民權路108-4號8樓
郵撥帳號──19588272木馬文化事業股份有限公司
客服專線──0800-221-029
客服信箱──service@bookrep.com.tw
法律顧問──華洋法律事務所蘇文生律師
印　　製──呈靖彩藝有限公司
I S B N──978-626-314-565-8(平裝)
初版一刷──2024年01月
定　　價──380元

國家圖書館出版品預行編目(CIP)資料

可能性之海/謝瑜真著. -- 初版. -- 新北市：木馬文化事業股份有限公司出版：遠足文化事業股份有限公司發行, 2024.01
面； 公分
ISBN 978-626-314-565-8(平裝)

863.57　　112021083

國|藝|會 NCAF
本書獲國藝會出版補助